司马辽太郎
1923—1996

毕业于大阪外国语学校,原名福田定一,笔名取自"远不及司马迁"之意,代表作包括《龙马奔走》《燃烧吧!剑》《新选组血风录》《国盗物语》《丰臣家的人们》《坂上之云》等。司马辽太郎曾以《枭之城》夺得第42届直木奖,此后更有多部作品获奖,是当今日本大众类文学巨匠,也是日本最受欢迎的国民级作家。

司马辽太郎 作品集
SHIBA RYOTARO WORKS

【日】司马辽太郎 —— 著
欧凌 —— 译

功名十字路 [下]

しばりょうたろう
SHIBA RYOTARO WORKS
功名が辻

重慶出版集團 重慶出版社

东征

六月六日,家康在大坂城西之丸召集暂留大坂的诸将们,开了一次作战会议。会上,有位名叫堀监物的大名发言道:"内府大人要攻克会津,尚有各种各样的困难。特别是白河至会津的这段路途中,有个叫背炙势至堂的地方极为险峻,打先锋的诸位务必要小心谨慎。"

"谬论!"家康脸色一变,"就算有那些险峻之地,可敌人有一柄长枪,我们同样有一柄长枪,难道我们还会不敌上杉?"家康是恨铁不成钢,诸将们看样子还摆脱不了上杉家是日本最强兵团这个传言的影响。

作战会议确定了从五方面攻克会津的计划。家康、秀忠父子率领箱根至西部的诸位大名,负责白河口,伊右卫门也编排在内。另外,佐竹义宣负责仙道口;伊达政宗负责信夫口;最上义光负责米泽口;前田利长、堀秀治负责津川口。他们都各自带领诸侯们奔赴战地。

家康在数日前已经去拜见过秀赖和淀姬,向他们告假出征。

山内家是乾彦作等人前往城内参与作战会议的。回到府邸后便把所有内容都报告给千代，最后道："总之，是要在江户集合。"

"你辛苦了，还请命令飞脚把消息急速传至挂川城。另外，大坂府邸也不需要这么多人了，十来人足够。彦作你就率领众人回领国去吧。"

"可是，若碰上万一，十人左右怕是不能保得夫人安全啊。"

"彦作，你还是武士不是？是就不要婆婆妈妈，赶快把人领走把屋子空出来！"

"夫人——"乾彦作考虑到全部人马都回领国后，大坂空荡荡的不安全。"听闻石田治部少辅（三成）见诸侯们都各自回了领国，于是离开佐和山进入大坂城。他要跟上杉东西呼应举兵抗衡呢，夫人！若此言属实，那么治部少辅少不了会拿大坂诸侯的妻子作人质的。"

"那时，我便以女流之身应战。"

"可十来个人也太少了。"

"彦作你可真傻啊，"千代笑道，"就算留下两百人，被重兵包围也只有死路一条。所以，两百人也好，十人也罢，结果是一样的。既然结果一样，那又为何不选择伤亡少的方法呢？"

"这——"乾彦作抬头怯然望向千代,千代脸上故意露出一脸笑容。

"没有这不这的。你快马加鞭,回挂川后就跟家主说,就当千代已经身亡,无论大坂发生什么事,都不要瞻前顾后,要当断则断。"

"是!在下定当传达。"

"那彦作你何时动身?"

"准备完毕之后吧。"

"哪能那么悠闲?现在已进入战时状态,不如定在明天。"

为准备出征而回归领国江户的家康,一行共三千人,沿途是小心又小心。士兵们全都盔甲在身,长枪在手,铁炮的火绳也是保存完好,随时都可应战。家康是穿的便服,头上戴着一个叫"越前户口笠"的菅草斗笠,身穿浅黄的麻质小袖,外套一件宽袖的黑色阵羽织,只有胯下坐骑是称作岛津驳的名驹,配了黑色马鞍,看来颇有气势。

途中,忽有传闻说,石田三成的谋臣岛左近会在近江一带突袭家康,于是他们又急忙改道而行,二十日那天到达伊势四日市。此后直至箱根,一路上是一连串的重要关卡之城,均由秀吉所恩顾的大名们镇守,决不可掉以轻心。

四日市附近有位桑名城主，叫氏家行广，邀请家康道："请容鄙人为各位接风洗尘，好好款待大家，尽一番地主之谊。"家康先答应下来，后又派人前去查访——氏家行广的举动看来很可疑——于是便撤销前去的计划，从四日市乘船到了三河的佐久岛，三河的冈崎城主田中吉政出迎。这位田中吉政也请求"提供丰足的美食犒劳大家"，家康口头答允，回头又让人暗中查访，发现并没有可疑之处后，前去美餐了一顿。

二十二日经过三河吉田（即丰桥），吉田城主池田辉政招待了一顿。二十三日到达浜松，让城主堀尾忠氏也好好招待了一顿。不过他们从不在城内借宿，而是借的寺庙。二十四日到了伊右卫门的居城远州挂川。

"德川大人还未到吗？"伊右卫门备好宴席，从早上便开始念叨。

他是被称作"劳苦命"的人，对这种接应招待是下了十足的功夫，体贴周到，绝不马虎。为了消除嫌疑，他让人把城门作八字大开，守兵们手持木棒代替长枪，而且宴席地都设在城下的武士府邸和寺院，全都光明正大，毫不遮遮掩掩。

不仅如此，他还将城内粮仓的米大量拿出，提供给家康作行军用粮。另外还准备了一万双草鞋。

家康的队伍在午前到达。伊右卫门的家臣们殷勤地将各位带去各个休息之地；伊右卫门自己一个人去迎接家康，领其至寺院。

"哎呀对马守大人啊，你总是这么客气，想得面面俱到。佩服！"家康极为高兴，美美地享用了一顿伊右卫门备好的午餐。伊右卫门一直在下座相伴，用餐饮汤的动作怎么看都是小心谨慎、笃实可靠、值得信赖的样子。家康忍不住夸了一句与自己身份不相称的奉承话："有幸得见对马守大人的这番风貌，更加感觉值得信赖啊！"

"大人过奖了！"伊右卫门脸色稍微泛红，不过态度厚重，见不到丝毫轻薄之色。

"真不愧是太阁青眼有加的人物！"家康的话听来反倒轻浮了些，可伊右卫门不为所动，还是稳重作答。

餐饮完毕，正要离席之时，家康的谋臣井伊直政一脸严肃地进屋来。

（是有密报吗？）

伊右卫门起身正要避讳离开，家康伸手制止，道："不用，对马守大人跟咱们是同道上人。没有什么话是不能让对马守大人听的。"这种场合，不如说是家康在打消伊右卫门的疑虑，努力想要拉拢伊右卫门。

"可是——"伊右卫门有些尴尬。

"不用走。直政你说，什么事？"

"是。"井伊直政所说的也无非一些行程计划。今夜在岛田歇息，明日正午要经过骏府（即静冈市）城下，不过骏府城主中村一氏遣使者来报"因病不能出迎"。

"病情那么重？"家康脸色一变。在离开大坂前，家康曾接到中村一氏使者来报，"因病不能从军"。中村拒绝从军，究竟是什么理由？

（难道他存有异心？）

家康一旦往这个方面想，便会越想越觉得可疑，更何况现在对方又再次重复。

中村一氏，亦称孙平次，很早就随秀吉征战天下，最初任泉州岸和田城主，接着是近江水口城主，如今是十二万二千二百石的骏府城主。入主骏府城后，官至式部少辅，是秀吉特别信赖的丰臣家中老之一。

秀吉把关东八州交与家康，即将家康从东海一地移封至箱根以东时，为了监视家康，曾在东海特别安置了数名以正直著称的诸侯，由西至东有：

伊势桑名城的氏家行广

尾张清洲城的福岛正则

三河冈崎城的田中吉政

三河吉田城的池田辉政

远州浜松城的堀尾吉晴

远州挂川城的山内一丰

骏河府中城的中村一氏

这之中的中村一氏，无论是俸禄，还是官位，抑或丰臣家中官职，都是东海诸侯之中的一号人物，当时接受秀吉任命时，还曾说过这样的话："只要有在下镇守骏河府一天，关东诸事决不劳大人操心。"他还训诫家臣道："如若关东事起（家康要是敢犯上作乱的话），就尽快调兵前往箱根，等候关白殿下（秀吉）亲征。这是咱家需尽的责任。"

"请问对马守大人，这位式部少辅（中村一氏）果真病重？"家康问伊右卫门道。

"在下不甚清楚。"伊右卫门诚实回答。他确实不知中村一氏是否患病。那个时代，便是真的卧床不起，作为城主也决不愿意把此等消息泄露给别人。这是武家的习惯，难怪伊右卫门不知。

"那就派人前去探明究竟。"家康命直政道。

为探明中村一氏究竟是否病重，前往骏府拜访的是家康使臣村越茂助。这位茂助过了小半日回来时，家康正坐在轿中，晃晃悠悠行走在山坡之上。

"哦，茂助！怎样？"

"式部少辅果真病了。"茂助报告。

"不假?"家康松了口气,但又考虑到自己此番疑虑所带来的政治上的坏影响,于是又道,"我一直认为不会有假。那位正直的式部少辅绝无可能耍花招作假称病。"

家康二十五日到了骏府城下。那时伊右卫门已经领了二千人马跟随家康准备前往江户。

(到底中村大人是否有异心?)

此事伊右卫门心里也没底。这种时期的人心向背,估计是最难以揣测的。

一到骏府城下,中村家的第一大家老——横田内膳便出来迎接。

"你辛苦了!"家康情致大好地赞赏了横田内膳一番,然后跟他来到二之丸内他自己的府邸,在此休息整顿并享用午膳。

就在此时,只见门被推开,病怏怏的中村一氏由侍臣们扶着出现在家康面前。家康也是大吃一惊:"这不是式部少辅大人吗?"眼前这位怎么看都是将死的病人。"快,这边来!"

"是!"中村一氏要跪下行礼。

"免了,免了,我不知道你竟病得如此之重啊!"家康连忙上前扶住他的手,因感动而半晌说不出话来。令他高兴的是,原来中村一氏的病情的确属实。如若在这箱根之地出现反叛者，那这场战事究竟会如何演化就不得而知了，或许家康连自己性命都难以保全。

中村一氏老了，病了，气力虚脱。他流泪道："在下怕是命不久矣。若是在下归西，这一家上下就全拜托大人了。这次出征，弟弟一荣（三枚桥城主）将代替在下冲锋陷阵。另外，请收留家臣新村嘉兵卫、大薮新八郎、小仓忠左卫门三人，让他们替大人打杂吧。"他这样做，实际上是送这三位家老去家康那里做人质，以表明对家康确无二心。

家康非常高兴："定不负所托。你就好好养病，争取早日康复。"说罢，赠了一把备前长光的刀给他。那一晚，家康出了骏府城，夜里住宿在清见寺。

进入关东领地后，或许是因为松了口气的缘故，家康途中竟有了狩猎的兴趣，弄得比伊右卫门还晚一天到达江户。

伊右卫门是七月一日进入江户的，并遵从德川家的食宿计划，安排了宿营。当时集聚江户城下的各路诸侯已有五十余人，到处都是人喊马嘶。那时——石田三成将在大坂举兵——这种倾向愈发明朗。若果真如此，各位诸侯留守大坂的妻儿将成为石田三成的人质。

（千代危险！）

伊右卫门心中七上八下，很是牵挂。

大坂城下，如今是一片骚乱。一直蛰居江州佐和山城的石田三成公然宣称"征讨逆贼德川家康"，并入主大坂城。

（跟传言一模一样。）

千代强作镇定，可身心都免不了因紧张而微颤。她即将面对的是从未经历过的大战。

不久，排名仅次于德川家的大名——毛利辉元，率领大军从广岛城出发，进入大坂。石田三成游说毛利辉元成功，让他担任西军旗头，入主大坂城西之丸。另外，石田三成还作了一篇被称作"内府罪状"的檄文，列举十三条罪状弹劾家康。此文被分发到各诸侯处，并附宣誓文一句——鉴于此，我愿尽忠报效太阁大恩，助秀赖公诛灭家康！

手持此宣誓文的城内使者也来至山内家。留守的服部喜左卫门、冈文左卫门等与使者会面，并收下文书。服部急忙持文书去见千代。

"使者怎么说？"千代故意不去触碰文书。

"使者让咱们送去关东的家主处。要即刻派人前往关东吗？"

"不错。"千代点点头。

"那文书就请夫人先过目。"

"上面写什么了？"千代头颅微倾。

"啊！那在下就——"服部喜左卫门缓缓拾起文书，很是惶恐的模样。服部以为是千代不愿自己看，要他替自己念出来。"那在下就念了。"

"喜左卫门,你真识字?"千代轻笑道。这个时代的武士,三人中有一人识字就不错了。

"这个……假名尚可,真名(汉字)就难说了。哈哈……夫人是取笑在下呢!"

"怎么会?"

"夫人定是想看在下念不出来的挠头样儿。"

"哪里会?我都没叫你念。这封文书的内容,使者已说了大概,已经没有必要再看了。"

"啊?"

"文书的封印不要拆,就这样送到关东的家主手中。"千代道。后世均认为是这句话替伊右卫门赢得了辽阔的封地。

对千代来说,反正已经决定跟随家康了。方针既定,就不能三心二意半途而废,需要彻底为己方着想,所以石田方发来的文书也不必看。

"不用看,送至关东后,嘱咐家主也不可拆阅。就这样封印完好地交到家康大人手中,做好咱们的分内之事。若是拆阅后再送交过去,则意义大不一样。"

"原来如此。里面竟有这么大学问。"

"算不上,这叫天然艺术。你们今后也会懂的。"

一位叫田中孙作的结实小个儿，被选中成为前往关东伊右卫门处的密使。

（他真能走那么快？）

千代觉得不可思议，这位孙作据说一天能走二十里。不过，田中孙作被选为密使，倒不是因为故事里常有的超人的脚力这个原因，而是因为他的出身。孙作是近江国坂田郡高沟村出身，伊右卫门时任近江长浜城主时成为山内家的一员。所以，他懂近江方言。

石田方因担心大坂诸侯的留守人员与关东从军中的诸侯之间有情报交换，所以在近江的大津一地设置了一个巨大的关卡，同时在同国的水口、佐和山也设置了关卡，以达到阻断东西交通的目的。也就是说，只要能顺利通过近江一国，就能到达关东。

因此千代对年老的服部喜左卫门划定了人选范围，道："要以近江百姓自称，说是到京城刚参加完亲人的葬礼回来，这样才能顺利通过。所以，能说近江方言，最好是老家在近江的，有吗？"

服部回答道："这样的话，田中孙作应该能胜任。"而且他还介绍说，恰巧孙作就是个脚力极佳之人，能日行二十里。

千代叫来孙作："把头抬起来吧。"孙作三十五岁，在战场冲锋陷阵年纪稍嫌大了点儿。而且他从来都武运不佳，功夫也不甚高，这次他决意圆满完成此番大任，以开拓武运。

"孙作有两个孩子吧？"

"是！老大是男孩儿。"

"你不在的这段时间，我会替你好好照看他们的。"

"不用不用。"孙作受宠若惊，道，"实在不敢当！身为武士理所当然应该前往战场，不敢劳驾夫人照顾家小。否则反倒促生了娇气，于家中士风不利。"

"你要做的并非是去战场厮杀，而是比战场厮杀还要凶险得多，难得多的事。"

"明白！在下视死如归。"

"不，你必须得活着，无论遭受怎样的奇耻大辱，遭受怎样的痛楚，你都得坚强地活下去。"

千代让孙作先等会儿，她写了一封给伊右卫门的信："西军要挟持留守诸将的妻儿作为人质。不过请不要担心我的安危，实在不行我就自戮，决不活着落入敌人手中。请夫君不要乱了心神，仍旧如同平素所说的一样，恪守本分，好好扶持德川大人。"

这封短信一共有八行，千代把它搓成细绳，与孙作戴的百姓斗笠上的绳索缠在一起。后来，赖山阳写诗赞咏此事，道："笠绳一条字八行"。

孙作趁着夜色离开大坂。

第二天，五奉行之一的增田长盛派来使者，以高压的口吻道："秀赖大人有令，命贵府妻小移步至城内。"也就是说要把诸侯的妻儿强制收容到城内。使者毕竟是以秀赖的口吻传达的命令，家臣们全然不知该如何回话，于是只能在使者与千代之间踌躇无措。

（这种时候，没有气魄的男人可真是指望不上啊！）

千代此番有了切身的体会。

"那就请使者到书院小坐片刻，我直接与他面谈。"说罢，她修饰了一下妆容。

使者在书院里落座。千代迈着轻巧的步伐踱过走廊，穿过两道门，进入书院，在正面上座坐下，道："我就是山内对马守内人。"

"哦！鄙人福原玄蕃。"使者微微抬头道。此人看模样大约四十出头，前额已秃。

（这头型倒方便，都不用再剃了。）

千代心里觉得有些好笑。这位福原玄蕃身材不错，可惜面目惹人生厌。

（待会儿让他好吃好喝一顿罢了。）

千代看了此人面相后，即便他身份是使者，也尊敬不起来了。

715

"久仰夫人盛名，今日得见实在三生有幸啊。还请夫人明断。"福原玄蕃一双眼睛盯着千代不放。

（的确是又美又可爱啊，就看你有多聪明了。）

"您辛苦了。"千代道，"刚才听下人说什么我不能在自己家里住了？怎么回事儿？"

"没错。请移居大坂城。"

"我？"

"正是如此。"福原玄蕃点点头，语调黏黏糊糊的。

"是谁的指示啊？"

"是中纳言大人（秀赖）的指示。"

千代一听，扑哧笑出声来。

"为何发笑？"

"我笑福原大人撒谎不打草稿呢。福原大人定是觉得日子过得太枯燥，所以才到我这里说笑话来了。"

"这……这岂有此理。"

"难道不是么？请问福原大人现在坐的是哪儿？"

"就这儿！"

"您看清了，那里可是下座。秀赖大人的使者对我家来说应该是上使，我家又怎会让上使坐下座？"

"夫人怎么就不明白呢？是奉行增田右卫门尉大人听到秀赖大人这么说，就命鄙人前来传达的。"

"哦，这么回事儿啊。那就不是秀赖的指示了，是增田大人的指示。"

"不不，是增田大人听到秀赖大人这么说——"

"闭嘴，"千代说时，眼里依然含笑，"拿着秀赖大人的名讳到处乱用可不好。总而言之，不就是增田大人这么说的么？"秀赖才虚岁八岁，怎会说什么把千代当人质的话？

"日本的所有诸侯，"使者福原玄蕃道，"都一视同仁。所有诸侯的妻儿都得移居大坂城内。绝不允许夫人一家这么推三阻四。"

"我去不了。"千代又道，"因为我是对马守的妻子。"

"那又怎样？"

"我只遵从对马守一人的指示。对我来说，只有丈夫一人是天地间的施令者。"

"好感人啊！"福原玄蕃险些忘了自己的使者身份，就要开些轻浮的玩笑话了，好歹忍住，威胁道，"可惜行不通，这可是奉行的命令。"奉行是丰臣家的执政官，对大名来说是最可怕的一种存在。

"不去。我只有丈夫一人最重要，奉行什么的跟我毫不相干。"

"夫人竟敢目无……"说福原玄蕃怒了，不如说他是因千代的沉着而慌乱。"鄙人面前这么放肆倒也罢了，要是传至奉行的耳朵里，贵当家的可没有好果子吃。"

"可是福原大人，您家的奉行陪我睡觉吗？能陪我睡觉的，这个世上除了我家夫君不会有其他人了。那我只听丈夫的话不是理所当然么？可有何不妥？"

"这……"福原顿时哑了，思忖半晌无法作答。

"反正，只能派人去关东问过我夫君对马守之后，我才能决定去还是留。"

"那可不成，飞脚往返耗时太多，等不及了。明天城内自会派人前来迎接夫人。"福原留下这样一句便告辞离开山内家。

这段时间伊右卫门在关东也听到了各种各样的传闻。

（莫非石田方——）

他有了不祥的预感。

（石田方若是举兵，诸侯的妻儿岂非都成了人质？那千代一定会自寻短见的！）

他的这个念头一转，便心急火燎起来，马上叫来一个队长，名市川山城，吩咐道："你很会随机应变，这是你的优点。俺有一事相求，你能回大坂一趟吗？"伊右卫门要他回千代身边保护她，若遇到万一要奋力保她安全离开大坂。"不能让夫人死了！拜托！"

不过市川山城也是武士。眼见着一场从未有过的大战即将爆发,家主却要自己离开战场到后方去,心里确实不是滋味,他道:"大人,我怕有负重托,还是请别人去为好。"

"不不,只有你才能完成这个艰巨的任务。不能让千代死了!"

"可是——"

"拜托了!你就答应了吧!"伊右卫门明明是一名大将,却对自己的一个手下小兵合十而拜。

市川山城见家主都说到这个份儿上了,只好放弃在战场立功的想法,答应下来:"那我就听从大人调遣。"

这位市川山城,是山内家有名的勇士,甚至在别家也享有盛名。他另外还有个小名叫石见,是若狭的能登野村出身。父亲是当地武士,叫市川定照,好像是位曾经侍奉过若狭武田家的刚毅人物。

市川山城也是在近江长浜时代来到伊右卫门家的。那时伊右卫门刚在长浜当上大名,招了大量侍从,他也是其中之一。

"市川山城,你什么武器最拿手?"伊右卫门问道。

"火箭。"他的回答很特别。火箭是攻城时所用的特殊武器,在源平时代只不过是燃起箭头发射的简单玩意儿,到了战国末期，用上了火药。在大型竹箭的箭尾灌入火药，点燃后再如火箭炮一般发射出去。每支火箭有三片侧羽，尖端有火炎燃烧。发射时并非用弓，而是徒手掷出，手掷之力与火药喷射之力相辅相成，可以射得很远。在攻城时，用竹盾防身，边躲边攻，一有机会就发一支出去。火焰四散，若是点燃了敌城的某处易燃的所在，引起敌城火灾，就大功告成了。

总之，火箭操作简单，可是要在战场用得得心应手，须懂得不少火药知识。所以，市川山城是伊右卫门所倚重的人才之一。

（哦，此人竟懂火术啊！俺也当了大名，这种人才也是需要的。）

如此这般，伊右卫门便收了他做事。

市川山城确实是个能人。天正十八年（1590）的小田原城攻城战中，他曾往城中射了好些火箭，搞得敌人胆战心惊。连秀吉也不由得侧目，问近臣——谁在空中放的烟花啊？从哪个阵中射出的？当他得知是从山内对马守的阵中射出时，还对伊右卫门大加赞赏——伊右卫门很会打仗嘛。

攻克小田原城后，伊右卫门被封远州挂川六万石。市川山城也因战功赫赫，加封千石。

就是这个市川，如今要作为单身密使，前往保护千代。

途中西军的关卡甚多，到底能否安全到达，他心里也没底。

"化装比较好。"有人这样建议，市川也考虑了一下，决定化装成热田神宫的神官。他脱掉头盔，戴上乌帽子；丢掉盔甲，套上神官衣装。无论是胡须长短还是走路姿势，都像极了一个真正的神官。

他就这般模样西驰而去。可是进入近江后，到处都有军事性的关卡，市川山城凭着自己一张嘴，好歹过了几处关卡，这日在近江水口却被人叫住："那个神官，等一下。"

水口一地是西军大将长束正家的十二万石之地，关卡处武士众多，对所有稍有可疑之人都严加盘查，连一只蚂蚁都不会轻易放过，警戒态势不可谓不严。

关卡的守兵道："等一下！"还用长枪指着市川山城。于是神官模样的市川只好慢慢停下脚步。

"大人有何贵干？"

"你很可疑，跟我们去岗哨。"十来个小兵押着市川来到岗哨。只见里面有数名队长模样的武士，坐下盘问他。

"你可真无能啊，"武士之一戏谑道，"密使们大都化装成僧人或神官，这是任谁都知道的事。你要化也化个新鲜点儿的出来呀，也好让我们乐呵乐呵嘛。"

"您这话从何说起啊？"市川山城很是胆怯的模样，"鄙人是尾张热田明神的神官。这可是千真万确的呀！"

"看你额上都没毛了。这个秃头的模样就是你经常戴头盔的证据。"

"瞧您说的。我这叫'神官秃'，一年四季都戴着乌帽子，额上的头发都闷得掉光了，这才成了这番模样。"

"撒谎！我们有证人！"对方叫来刚才在关卡执勤的小队长。

这个小队长道："我可认识你。你就是山内对马守家中的市川山城吧，使得一手好火箭不是？"

（啊！）

市川吃了一惊，他不记得对方的面孔。大概是在某个战场上，因自己声名远播而被对方记住的吧。

"怎么会？不过长得像罢了。"他苦笑道。

"对了，市川山城不是若狭的人吗？在若狭武田家干过吧？"大家都对市川山城的履历很是熟悉。

"那就去把大庭弥卫兵叫来，大庭也是若狭人，听说也在武田家干过。"队长大声道。

一听大庭弥卫兵的名字，市川山城不由得焦急起来。因为他们从年少时就相识。而且不仅相识，武田家灭亡后他们还一起走遍天下，共同寻找寄身之所。后来市川山城到了山内家，弥兵卫去了长束家。也就是说，他们其实是患难与共的铁哥们儿。

（大庭一来，就暴露了。）

市川山城坐到一棵松树根上，擦了擦头上的汗。

"那个……神官先生，干巴巴等着也不是事儿，干脆你唱一段祝词如何？你不是神官吗？祝词应该会唱吧？"

"祝词？"市川不耐烦地站起来，"祝词鄙人当然会。鄙人是神官怎么可能不会？不过祝词是奉给神灵的，若是随便乱唱，说不定会遭天谴呢。"

"说得这么神乎！那怎么办？"

"你们坐下来，让鄙人替诸位祈福武运如何？"

"呵呵，这倒新鲜。"这些武士们都听话地坐了下来。

市川山城来了一段，唱得铿锵有致极为熟练，大家听了都佩服极了。不过他唱的并非祝词，而是市川家祖传的山伏鸣弦文，因节奏相似，听来有点儿祝词的味道。

大庭终于来了。

这位大庭身材高挑，手脚极长，长得跟个长脚蜘蛛似的。

"什么？市川山城被抓到岗哨了？"他不由得对传令兵反问了一句，"确实是市川山城？"

"就因为不知道到底是不是，才让大庭您去辨认的嘛。"

"那马上走。"他拿起带鞘的太刀,掀开帷幔就往外走。

(放他走!)

他心底里这样决定下来。这个时代的武士充满了个人主义精神。武功也好,名誉也好,都是个人所有,而自己所属的集团利益却并不怎么多去考虑。而且不去考虑也并非不道德之事。所以,大庭弥兵卫放走市川山城可能给"西军"带来的损失,在他心中不如个人的侠义心肠重要。

(山城,久违了,我一定帮你!)

这便是所谓"武人相惜"。借用德川时代的哲学用语,便是武士道。

(此时若是把山城给出卖了,我就是蔫的!)

大庭弥兵卫一步步沉稳走去。这个时代的武士道还仅仅停留在个人美德气节之上。到了岗哨,他急问队长:"那个市川山城在哪里?在哪里?真没想到还能碰上他!"

队长用手一指:"在那棵松树下。"

"哪个哪个?在哪里?"大庭弥兵卫眼睛转来转去,终于发现松树下有个神官模样的人,"那个吗?是那个神官?哎呀,真是很像呢,啊哈哈,太像啦!"

"大庭,难道不是他?"

"不是不是。市川山城没有那个神官那么高的颧骨,眉毛也要粗些。最不一样的是身材,他比我还要高呢。"

"是吗？确实比你高？"

"我老早就认识他了，不会错。一般人找朋友，总喜欢找跟自己身材差不多的吧？市川比我要高一点点，肯定不是那个熊样儿啦。"

"可是——"说认识市川的那人道，"他那张脸非常特别，世上怎会有两张？"

"那，你们查查那人右胁下，若是市川山城，一定会有个铁炮疤。他曾被铁炮炸开过，不过现在看来应该不是那么恶心了。你们查查，若有，就是真正的若狭能登野出身，如今是山内对马守家臣的市川山城了。"

"噢，这个法子好。"他们一齐朝市川冲去，把他的神官衣服脱了个精光，却发现他全身上下都是好好的，一个疤痕都没有。

"难怪，看来认错了。"一群人终于信服。当然，市川本来就没有疤痕，那是大庭使的好计策。

（多谢了！）

市川从岗哨出来时，朝大庭远远投来感激的一瞥，大庭却看向别处，作无知状。

后来关原之战结束后，千代求伊右卫门——那位大庭弥兵卫是咱家的恩人，让他过来做事吧——然后让市川专程去请了他来并授予高禄。

就这样，经历了此番种种危难，市川山城到达大坂千代处时，已经夏日将尽。千代看着市川山城那风尘仆仆的神官模样，不由得泪眼婆娑："你总算回来了！"

"是……"或许是一下子放松下来，这位豪杰也是双目噙泪，半晌才抬起头来，"只要在下来了，就决不会把夫人交给那些敌人！"

（伊右卫门真是善良体贴。）

千代大为感动。没有哪个诸侯能够像他那样，因挂念大坂的妻子，特意从阵中抽调出一名高级将领，专程来护她。

"我虽已将生死置之度外，可如今有你的机智助我一臂之力，我就更安心了。"

"夫人，无论发生什么事，都不许自戕——呃，这是家主的话。"

（若是我死了，伊右卫门会怎样啊？）

思忖间，千代暗暗觉得好笑，他肯定会愁得焦头烂额的。

"夫人，"市川山城道，"若是您有什么万一，那山内家将是一片黑暗啊。"

"胡说！"千代好歹忍住没笑出来。

"是真的。无论家中还是坊间，都这么说的。"

"山城你好傻，连这种谣传也信。"

"……"

"说得我好像是个坏女人似的，尽干些雌鸡报晓、矫枉过正、吃力不讨好的事儿。"

"怎么会呢？家中也好坊间也好，从没有人这样说过夫人啊。"

市川山城退出后，换了衣服，整好头发，变回了原本的武士模样，从留守家臣服部喜左卫门那里听来了大坂的近况。他越听越心惊，看来大坂城一方是非要把诸侯的妻儿们掳去城内不可了。

"附近府邸的情况如何？其他各府也都不情愿进入城内吗？"

"好像哪里都不情愿去，但具体情况不甚清楚。"

"去打听！"

"这不成，山城君。你不知道，大坂方在各个角落都设置了岗哨，站岗的人很多，晚上还燃起篝火。他们不光要严厉打击外逃，连彼此间串门都严禁。"

"真的不成？"

"正是，所以我们才愁得不知如何是好啊，大家的情形都不清楚。"

"那好，天黑后我发射信箭去问。"

待到夜幕降临，这位火箭名手架了个云梯，身手敏捷地爬上大房顶，双腿跨在兽面瓦上坐好，拿大弓朝着四面八方的大名府邸发射信箭。箭上附有一封信函，准确落入了各个府邸的院落。可惜的是，其他大名府邸里这般神勇的强弓手都去了战场，竟没有一家能给个回话。

第二天，大坂城下传出一个令人十分震撼的消息——细川越中守忠兴的夫人，放火烧屋，自杀身亡。

（该如何是好？）

千代嘴唇紧闭，不禁紧张起来，下一个被包围的就是自己家了。

七月十七日夜里九时许，吞没细川府邸的熊熊火焰，在城下南边冲天而起。这天夜里，市川山城在千代房间外大喊"着火了"，千代先没意识到会是这等惨事，问了一句："哪个方位？"然后只命他们好生防火。

可不久后，市川回话："在城南玉造口的方位。从火势上看，不会是寻常百姓家。寺院那块地本身就少，也不太可能。大概是大名府邸吧。"

"快拿防火衣来。"千代命道。很快一件妇人用的红黄相间的毛毡防火衣被搬了出来，千代麻利地穿上，道："家主在外，就由我来发号施令。"她让人在正门背后、正屋前面的前庭里摆好布凳，自己坐了上去，然后下令所有侍女都拿好薙刀。

"把所有门都打开。"

"夫人这是为何？奉行方的西军人数众多，就在街角呢。若是把门都打开，夫人被那些人掳了去可怎么办？"

"就按平常防火的步骤一步步做好就行。"

"可是——"现在已是战前剑拔弩张的局势。如果奉行方的人哗啦啦涌进来，千代会怎样？

"没关系。奉行方若是敢来，那我就奉陪到底。决不给对马守大人的武勇抹黑。"千代虽口中逞强，可膝盖却免不了打颤。

不久门都开了，每处都有人把守，并燃起了篝火。又过了会儿，只听见一些百姓嚷嚷着从门前经过："着火啦！是细川越中守大人府邸！"

一听细川的名字，千代不由得一惊：

（难道奉行方包围了细川府邸，要强行带走细川夫人，所以双方打斗了起来？）

"山城，快把门关上！"她慌乱道。

"啊哈哈，夫人也有失策的时候嘛。这次确定是要关门？"

"嗯，关门。"千代抢过侍女的薙刀，咚一声倒插在地，站起身来,"怎么样?功夫还不错吧?"

"啊?"市川山城苦笑。

"不过,我膝盖都打颤了。看来战斗呀策略什么的还是留给男人最好。"

"啊哈哈!幸好只是失火。如果是兵戎交接的战斗,那夫人大概得心惊肠子跳了。"

"真的?"千代捂了捂肚子,"还没跳。山城,我看那并非是普通火灾,而是战火。那些官兵,不久后就会来咱们这里的。"

忽然,府邸来了不速之客。山内家后门附近的墙上忽现一个矮小的影子,嗖呼一声落入府邸内侧。

"有贼!"警卫们呼喊着一拥而上。

只见那人打扮得像个连歌宗匠,道:"等等!鄙人虽不请自到,却不会为难贵府。带我去见贵府夫人便可知晓。"

"还以为是谁呢?这不是六平太吗?"疾步赶到的市川山城苦笑着带他去了千代处。千代也不怕夜露清寒,仍在正门前的布凳上坐着。

"是六平太么?"千代语调有久违的欣慰,只要这位前来,城下的样子也就清楚了。

"哎呀,在下也是忙得不可开交啊。夫人心忧的可是玉造那边的火？呃——呵呵。"

"有什么好笑的？"

"夫人这一身防火衣很合身嘛。"他说了句风凉话后便告知，果然是细川越中守忠兴的府邸起火了。

"据传闻说细川夫人玉姬自杀了，是让自己家老——小笠原少斋拿了薙刀刺胸而亡的。"

"奉行一方的人包围了细川府邸？"

"是。"

"那位夫人，好像确实是天主教徒吧？"

"正是，人称伽拉莎夫人。就跟夫人您一样，那位伽拉莎夫人也是诸侯夫人中数一数二的美女。"

"是明智光秀的——"

"夫人真是无所不知啊，她正是逆臣明智光秀的女儿。在嫁与细川家不久，其父光秀就挑起了本能寺之变，于是遭到秀吉讨伐，死于山崎。后来细川家为了避嫌，把这位逆臣之女送至丹后国味土野一地的尼庵关了一段时间，待风平浪静之后才接了回来。可谓命运多舛啊。"

"她自杀的情形如何？"

"具体情况还不甚清楚，在下一旦得了消息一定转告夫人。总之，奉行一方的人既然包围了细川家，估计贵府也危险了，不是明日便是后日，请夫人千万小心。六平太所来正是为此。"说罢，六平太再次跳上围墙，消失在暗黑之间。

后来千代听闻了详情。

……

细川家主忠兴极爱妻子阿玉，并由爱生妒，有着近乎病态的嫉妒心。

忠兴作为东征军的一员大将离开大坂时，已经预感到人质事件的发生，对留守老臣小笠原少斋这样说道："我与石田三成关系很糟。石田要是起事，首先便会找我们家的茬儿，会包围府邸，叫嚣着把夫人交出来。少斋，你会怎么做？"

少斋踌躇着不知如何作答，忠兴又道："这时，要杀了夫人。"

他的嫉妒心实属异常。传言从前有一个手下只因为跟阿玉说了句话，就被他杀掉。想着阿玉可能被敌方男人推推搡搡，估计他是怎么都咽不下这口气的。那还不如干脆——忠兴想到此节——不如让阿玉自杀来得更干脆。

当日奉行一方抓住细川家不放。因为忠兴对妻子超乎寻常的爱以及病态的嫉妒心，在大名中是人尽皆知的事——如果能抓了伽拉莎夫人，那从军中的忠兴定会急火攻心，最终便可能背弃关东——这是奉行一方所打的算盘。

最开始是极为柔和的交涉方式，奉行一方用了一个经常出入细川家的老尼去说服阿玉："如果夫人不愿意进大坂城，那就不进好了，搬到邻近的府邸去住如何？"所谓邻近的府邸，是宇喜多秀家的府邸，而宇喜多家与细川家有一层联姻关系，这成了老尼说服她的理由。

不过，虽说是亲戚，可宇喜多家如今是奉行方（西军）的人。宇喜多家若是收容了伽拉莎，今后对她怎么裁决那都全凭宇喜多家自己的喜好了。所以，细川家拒绝了这个提议。

于是奉行方只好在七月十七日中午差了正式使者前来，厉声道："为表明对幼主秀赖公的忠诚顺从，请贵府夫人移步城中。如果胆敢抗令不遵，休怪我们使用兵力。"

留守老臣小笠原少斋道："还请高抬贵手。家主不在，老臣是决不敢把夫人交到城中的。若是强逼，我们留守之人就算自尽也不会交出来，请明鉴。"

之后小笠原少斋面见夫人，询问夫人意思。伽拉莎道："我已有心理准备。"她让自己七十余岁的姑母与长子忠隆之妻——加贺前田家来的媳妇去了宇多喜家；接着又叫来名叫"小侍从"的侍女（洗礼名玛丽），命她"把两位小姐带到大坂教会的奥尔冈蒂诺神父处避难"。她的两个女儿一个十三岁，名多良，一个三岁，名万。

另外，伽拉莎还叫来服侍自己二十年、来自娘家的阿霜，道："我给忠兴家主、忠隆少主写封遗书。阿霜一定要好好活下去，把遗书带到阵中交与家主。"

处理完这些，她便自己穿好寿衣，进入安置了十字架的房间里，祈求天主原谅自己一生的罪孽。她在这个礼拜室里待了很久，还有一大群侍女们也跟随在后。她的侍女们也大都皈依了天主十字，祈祷着哭作一团——请夫人让我们也随了您去。可伽拉莎坚定拒绝道："天主不允许殉葬。"

伽拉莎想让自己死得更加庄严一些，命女儿与侍女们全都退出礼拜室，把这里当成自己死的归宿，只留了老臣小笠原少斋一人。

夜里八点，府邸外人声嘈杂起来，包围的人越来越多。

"好像来人已经密密麻麻围了个水泄不通。"少斋语声冷静。拍门的声音震耳欲聋，传入了府邸深处的房间。

"少斋，我死后，你怎么办？"

"切腹随夫人同去。"

"你也皈依天主吧。"

"啊？"

"若是皈依天主，则得神庇佑，不可自杀。你就不用死了。"夫人这样劝道。可少斋苦笑一声，称如今已经没有时间去皈依天主了，哪怕死后坠入地狱，他少斋也是响当当的一名武士，决不会辱没了武士的德义之名。

"少斋，时辰到了吧。"夫人催促道。少斋拿起薙刀，单膝跪立。两人之间有道隔层，夫人在礼拜室，少斋在隔壁。

夫人洁白的双臂将长长的秀发一圈圈盘起，露出脖子。少斋摇头道："抱歉夫人，不是这样。"意思是不会取首级。

"那这样可好？"夫人挺胸。少斋半蹲着，举刀齐眉，刃上凛冽的寒光一现——可是，隔层碍事，未能刺到夫人。

"抱歉！"少斋道。若是进入夫人房间倒是好办，可他想到家主忠兴的嫉妒心，只好求夫人道："在下不能踏入夫人房间，可否请夫人靠近一点？"

"这样？"夫人缓步移近隔层，口里念叨着耶稣、玛利亚、约瑟夫的圣名。

"对不住了！"随着少斋的一声叫喊，薙刀刀刃刺向了她跳动的心脏。

他迅速拿来备好的绢被盖在夫人遗骸上，周围撒上火药，并取下格子窗、纸门板类堆积在遗骸旁，然后点燃了火。火焰迅疾上窜，蔓延到了整个房间。

少斋脱身而出，与同僚河喜多石见一起奔向前庭，打开门，朝着一拥而入的敌兵们道："你们来迟啦！用你们的脑子想想，日本第一美人、越中守忠兴的妻子，怎会让你们这帮人掳了去？夫人刚刚归天啦！"说罢，两人坐定在门前，扯开胸前衣服，切腹而亡。这时，火势已经窜过一间又一间，黑烟滚滚破顶而出，冲向天际。

据说奉行一方的人被眼前景象惊呆，像潮水一般退回了城内。

千代听闻此事后，对老臣们道："咱家也学细川家的样子，把硝石、稻草等都搬到府邸里堆起来。"也不知她到底是如何打算的，反正这一手让奉行方进退两难。他们不得不考虑到，若是用强，人质们会个个步了伽拉莎的后尘，所以不得不消停一段时间。

话题回到关东的伊右卫门身上。

征伐上杉的诸军们一队队开出江户，经奥州街道逐渐北上。总人数五万八千的大军，宿宿停停，走得很慢。家康于七月二十一日从江户城出发。当日在鸠谷宿营，二十二日在岩槻城、二十三日在古河。

家康在古河宿营的这日，伊右卫门则在离此地三里之外叫"诸川"的一个村子里宿营。日落不久，只见伊右卫门本营的寺庙山门处站了一个人。看样子是位小个子农夫，戴着个破斗笠，蓬头垢面的模样，与乞丐不相上下。

门前守卫叫他："走开！"可此人却没听见似的，只顾悠然地解下斗篷的绳索。"天哪，这不是田中孙作君吗？"守卫仔细一看，吓了一大跳。

"对。专程从大坂追过来的，赶快通报家主。"

武士们闻讯都赶到门口，孙作被大家簇拥着走进门内，一时间热闹非凡。

"孙作，大坂可有什么动静？"

"不知道。"这个男人的嘴巴很紧。

"哥们儿这么说也不怕伤了情分！都听说大坂的石田治部少辅已经起事，后来怎样了？"

"不清楚。"孙作在屋前洗了脚，没换衣服就进去了。

"家主呢？"

"不巧被附近的堀尾大人请去喝茶了，而且刚刚才走，估计一时半会儿是回不来的。"

"赶紧叫回来。"孙作面色郑重，不带一丝笑。

"孙作，你可真让人着恼啊！"

"我是紧急特使。"孙作道。

"哦，原来是留守府邸派来的飞脚啊！"

"不，是夫人的专使。"

"啊？"大家都惊得一跳。武将福冈、祖父江等人连忙亲自赶去堀尾阵营处，把伊右卫门叫了回来。大家都很仰慕夫人千代的才情，而伊右卫门自身更是极为重视千代，所以大家都紧张了一回。

伊右卫门回来之前，孙作大概实在是太累，竟趴在了地上。

"你睡会儿如何？"

"不！"他只顾摇头，并告知了老臣这样一段经历。

他这一路来一直跑个不停，还遭遇过凶险。其实在近江与美浓交界处的伊吹山中，他碰到了二十多个山贼。出发前千代曾说——不管碰到什么人，都不可起争执。所以孙作装作害怕的样子，自己把衣服脱了，钱撒了一地，连腰刀都丢给了对方。他在山贼们哄抢钱物之时趁乱逃了出来，头上戴了斗笠手上拿了文书盒，而身上什么都没穿。跑出来后，碰巧遇到一个看似富人家的老头子，于是就抢了老头子的衣服、腰刀、钱包，边跑边穿，这样才好不容易找到了大家。

"什么？千代的专使？"伊右卫门惊愕道，于是连忙赶回自己阵营。脚步刚踏入山门，境内松下一个黑影便飞身而来，拜伏在伊右卫门面前。

"在下田中孙作。"

"哎呀，你这一路辛苦了，没事就好。"伊右卫门很想早点儿打听千代的安危，可还是强忍着慰问了一遍孙作的苦劳。"途中可遇到什么凶险了吗？"

"遇到了，其实就在伊吹山中……"这个男人也是个不开窍的，见他又要重复一遍刚才的话，福冈等老臣道："孙作，这事不用提。"使者就该先说正事，这些路途中的旁枝末节以后有时间再聊也不迟。

可是孙作却不依了，他不愧是那个时代的人，一梗脖子道："这事福冈君你也是不知道的，为何不用提？真让人不痛快！"

温和的伊右卫门这下既得安抚孙作，又得顾及福冈的情绪了。

"详细情况请到方丈室内慢慢说，夫人可安好？"

"嗯。夫人到在下出发时一直安好，之后的情况就不清楚了。"

"之后的情况？"

"是的。在下出发后，夫人所遇情形，在下无从得知。"

"是吗？"伊右卫门露出一张苦瓜脸。

（此人真是个不开窍又不会说话的主啊。）

伊右卫门思忖。说什么之后的情况无从得知，就说一句——是的，一直安好——不就得了吗？后面再加一句——大家的家人，包括足轻兵们的家里人都安好——这样凛凛一句，会提升多少士气，这个傻子怕是从不会考虑的。

（真是个莽汉！人的器量大小就表现在能否体贴入微上，能或不能则人的品性差别就大了。）

伊右卫门甚至又想：

（孙作虽然功劳不小，可加封多少得好好斟酌一番了。）

不过，梗着脖子的孙作此刻却有另一番情绪。

（这个笨蛋大将！）

孙作本来就觉得伊右卫门对自己老婆的态度，实在是有损男人的尊严。更何况他这么千辛万苦突破敌阵来到这里，被问的却是"千代可安好？"作为一军大将，这种问题也太掉价了！

（大半的将士都把妻儿留在了大坂，大家虽然嘴上不说，心里都一样牵挂。最高将领的妻子谁都明白很重要，可有他这么劈头盖脸就问的吗？也不怕影响士气！）

总之是各自肚肠。

"就先去方丈室吧。"老臣福冈催促孙作道。

在方丈室内，伊右卫门为阅读千代来信，首先取过了文书盒。

"哎呀，不可，"在侧屋的孙作赶忙摆手制止，"大人，不可啊。"

"为何？"

"文书的事待会儿再说，大人请按顺序来，先看——"孙作靠近伊右卫门，递来一个脏兮兮的斗笠，"先看这个，斗笠!"

"啊？先看斗笠？"伊右卫门拿过来，照孙作所说解开绳索，果然见一封信被编了进去。

（千代还真是心细如针，"花招"繁多哪。）

伊右卫门边想边展开信纸，正是千代的笔迹。上面简洁地记述了石田三成举兵之事与大坂的情况。

（这——三成果真如传闻所说，举兵了啊。）

伊右卫门的表情一瞬间凝固。此事在其他大名阵营里也略有耳闻，但像千代这样有诸侯夫人地位的人来报信还是头一回，而且还附有书信。

（千代，干得漂亮！）

他边想边看，目之所及的一句是："……请不要担心我的安危，实在不行我就自戕，决不活着落入敌人手中。请夫君不要乱了心神……"

等伊右卫门读完，孙作道："启禀大人——"

"说。"伊右卫门点头示意，接着又去开文书盒。

"是夫人的吩咐，那个文书盒不可开启。"

"莫名其妙！千代是这样说的？"

"夫人反复嘱咐，就这一点需要口头传达。不可开启文书盒。里面装着一封相同的信件。"

"啊？一样的？"

"是！另外还有城中奉行一方送至各个大名府邸的文书一封。"

"什么样的文书？"

"正如在下刚刚所述，是城中奉行一方送至各个大名府邸的文书。是让各个大名们发誓效忠大坂奉行方。夫人说，大人已是德川方的人，所以不看也罢。"

"然后呢？"

"夫人吩咐，就这样原封不动转交到家康大人手上。"

"哦！"伊右卫门终于弄清楚了千代的"花招"，是个看透了人心以至让人生憎的花招。若是把这文书盒原封不动地交与家康，那家康定然会赞赏伊右卫门的仗义、诚实，感激他全力支持自己。如果看过奉行一方的文书再转交家康，说不定还会被怀疑是经过一番权衡思量才最终下的决定。反正已经决定要跟随家康，那何不原封不动地交与家康呢？这便是千代的攻心术。

而且千代还把讲述自己心境的私信放入文书盒，又把相同的一封编入斗笠绳索。她定是知道，耿直的伊右卫门也只有这些花招可以用了。她什么都替伊右卫门想到了。伊右卫门点点头，立即让人备好马匹，准备前往家康阵中。

在古河宿营的家康，这夜或许是因为太累，很早就用餐就寝了。伊右卫门拿着千代送来的文书盒出现在阵中时,家康已经就寝了一阵子。

"伊右卫门特来拜访!"伊右卫门与平常不同,态度强硬不肯回去。

"别固执了。大人跟咱不同,年纪大了。若是现在去叫醒他,之后一夜说不定就再也睡不着了。"家康手下诸将这样说道。

一听对方这样的劝言,伊右卫门也很是彷徨:"这可怎么办哪!"

诸将见他一副无可奈何的茫然神色,以为他放弃了拜见家康的念头,安下心来,道:"那就这样吧。对马守大人,您的事我们自会转告,就请等到明天早上吧。"

"那时就晚了!"他故意喃喃了一句,"这可是天下第一等的大事。"

"啊?"

"晚一刻,咱们这边就多一刻的不利。若到了明早,说不定一切都迟了。你们可担当得起?"

"那——请稍等。"一人飞奔而去,是去告知家康的谋臣本多佐渡守正信。还好,这位老谋臣还未睡,正用手指蘸着味噌酱,享受睡前美酒。

"噢,是对马守?"正信念叨了一句。他现在左思右想的都是大坂的情势，而伊右卫门此时来访，他凭直觉感到相当重要，于是道："对马守不是别人，他的品性摆在那儿，这么晚了却固执来拜，定是有什么特别重要的事。我——"正信起身，"去叫醒大人。"

正信是唯一一位可以自由出入家康寝室的人。他经过走廊，来到寝室的侧屋，命令执勤门卫道："拉铃。"

所幸，家康也并未睡着，因为思虑过多。他跟正信一样，在担心大坂的情势。若是三成以秀赖之名起事，大概可以号召很多西部大名，总人数或许会多过家康。

（今夜，伏见的鸟居元忠会不会来报三成举兵之事？）

德川家历代老臣鸟居元忠一直守在伏见城，家康曾命他一得到三成举兵的消息便派使者急速来报。可是如今还没有人来。最好是家康得知了大坂的确切消息之后，对诸侯们说"大坂如何如何"，而不是诸侯们都从大坂府邸各自得知了消息，家康才说，那在统率上是极为失策的一件事。

就这样辗转反侧之间，铃声响了。不一会儿本多正信进来。

"山内对马守要来见我？"家康觉得甚是意外。对马守不是一个在半夜怎么都不听劝，吵嚷着硬要来见的那种人。"弥八郎（正信的通称），看来三成已经举兵了啊。"家康即刻言道。

寺里有个小小的书院。家康脱下睡衣换上常服来到此处，伊右卫门拜伏在地。

"噢，对州大人（伊右卫门），夜里辛苦了。"本来该伊右卫门说的话，让家康说了。这位老人眼下最重要的就是抓住大名的心。

"内人刚从大坂送来一个文书盒，"伊右卫门递上那个文书盒，"可以详细了解大坂的情势，还请大人亲自过目。"

"还没开封过？"家康一脸不可思议的神色。里面肯定有他夫人写的信，说不定还写了些不愿让旁人得知的怨言之类，可这做丈夫的竟这么愣头愣脑转交了过来。

（真是名副其实的耿直啊！）

家康不由得暗暗赞叹。

"对州大人，我曾从织田大人那里听说过你妻子的一些传闻。在还贫寒之际，用黄金十枚买名马的轶事，我还记忆犹新哪。还有，太阁在世时，在聚乐第恭迎天子，你妻子所制的那件华美小袖连天子都十分中意。当时我也陪观过，那种美到现在都忘不了。可是，即便是对州的妻子，也该是有秘密的吧，让我这个旁人先看，怎么过意得去？"

"不不，请大人亲自过目。"伊右卫门只一味地固执己见，神色可怕。

家康见了他的神情，终于答应下来，接过文书盒大声道："你是决定要站在我这一方了是吧？"家康很是感动，而且不自主地要大声把这种感动说出来。现在跟他一起讨伐上杉的诸位大名，名义上都是从丰臣家借过来的。一旦东西合战，他们究竟是跟随大老家康，还是跟随奉行三成，如今明确表态过的只有藤堂高虎、黑田长政、细川忠兴、池田辉政、浅野幸长，还有一位不在这里的加藤清正，如此而已。其余大名对家康来说都是未知数，他们到底会站在哪边家康也是毫无头绪。而这位旗帜并不鲜明的山内对马守一丰竟让家康来开启自己的家书——以此来表明立场，等于是宣誓。

（这在政治上是大事一件啊！）

家康既是紧张又是感激。

"对州大人的一片好意，我就恭敬不如从命了。"家康略施一礼，"你总是这样耿直仗义。我已经明了你的心意，这文书盒就请你打开，再念与我听如何？"家康是打算在政治上利用一下这个文书盒。

伊右卫门念了出来："……即便听闻了奉行一方的反逆行为，也请夫君不要乱了心神。夫君平素心底已有决断，我决不多言。就请夫君顾全对德川大人的忠义节气，好好辅佐大人。"当念至此段时，在座的均是鸦雀无声，感动异常。

伊右卫门退出时，家康还招手叫住他，沉声道："对马守大人的心，天月可鉴。只要有我德川家在，子子孙孙永不忘怀！"伊右卫门根本没有想到，千代所做的这件事竟有着这么重大的政治意义。

在伊右卫门走后，家康谋臣本多佐渡守正信得了家康的许可，召集了多名使臣，道："既然对马守的使者都已经到达，那其他诸侯的紧急信使也不远了，引起人心的动摇也在所难免。"

这是自然的。诸侯们的妻儿家小都在大坂，大家都在担心他们的安危——若是就这样跟随德川大人，也许妻子会被杀，一家会绝后的。要是可能，谁都想早日回大坂看看。

带领这群惶惶然的将士去乾坤一掷一争高下，实在是让人顾虑重重。此时，必须要促使他们下定决心。

"那你们就到各个阵营去，告知大坂方面的详情，一切照实说。另外，把山内对马守未开封的文书盒一事也详细告知。如果大家知道连耿直的对马守都死心塌地跟随咱家大人，便会争着来表明忠诚。这种时候人心的躁动不安，其实是很容易凭这些小事一举稳定下来。还有对马守夫人所写的以自杀明志的那段话也要给大家看，这样大部分人都会收敛对妻儿的思念之情了吧。"

"得令！"夜里使者们各自分头跑向四面八方。

就在这之后，另一个重大情报由细川忠兴带到了家康的阵营之中。

"我家内人，"忠兴暗淡的目光在地上游移，"为摆脱石田之手，在府邸放火自杀了。"

家康想到忠兴心中的悲恸，竟是未发一言。许久后，才低头叹道："还请节哀顺变！"

"内人早就知晓在下心中之意，她一定是为了免除在下辅佐德川大人的后顾之忧，这才取下策自杀而亡的。"

这个消息很快便传遍各阵——细川越中守若是能做到——那从军中的诸位大名也只好斩断对大坂妻儿的愁思了。

后来世间有人评论道："关原之战得胜的首要原因，在于山内对马守夫人与细川越中守夫人深明大义。"

这天夜里，诸阵营也逐渐得知了确切情报。黑田如水夫人与其子长政的夫人，在家臣的护佑下逃离了大坂；加藤清正夫人藏在水桶的夹层内，被搬运到安治川河口，乘船逃离。这些事也在各阵里传开。

（可是千代那之后怎样了？）

伊右卫门极是挂念。

（不过以千代的聪慧，她肯定有办法逃出来，不会自杀的。）

细川府邸燃尽后的数日之间，大坂城下出现了各式各样的传闻。"这次是黑田大人的府邸","据说奉行方的人已经赶往浅野大人的府邸了"等等不一而足。甚至还有传闻道："前田大人的府邸被城里的百名铁炮足轻兵包围，从傍晚到夜间一直不停地遭到扫射。"连千代都信了。

留守家臣市川山城听了这些也不得不担心，道："大坂看来是待不下去了。在下在奈良有知交，怎么着也得把夫人救出去。夫人能扮作小贩吗？"

"途中一定会败露的。"

"败露就没有办法了。但存了千分之一、万分之一的可能，就要赌一把。"

"男人可真喜欢赌啊。"千代笑道，"我是女人，可不太喜欢这些只有千分之一、万分之一可能性的赌博，我只考虑有把握的事儿。"

"可是——"不就是因为没有把握才这么苦心竭虑的吗？市川山城气鼓鼓的不再多劝，"那夫人是打算坐在这里迎敌？"

"不。"

"那夫人准备怎么办？"

"我考虑了一下。你能帮忙把府邸里的柴薪、稻草都集中起来吗？"

"这是要干什么？"

"把那些全部堆在大门、正门旁、书院檐下，还有地板下面也塞满。"

"哦，敢情是要借在下的手把府邸烧了？"

"正是。"

"那在下现在就去点火。"

"山城！"千代一脸认真地制止道，"就这么烧了那今晚睡哪儿？"

"那夫人是要——"

"只是堆在那里而已。"千代催促他赶快去。

市川传令下去后，大家连忙在府邸里上上下下窜来窜去，很快就按千代说的办好了。千代巡视了一圈，道："还不够，要堆得高高的。最好重新堆作井字状，要一点就着，能冲成火柱的那种。"

"夫人，已经没有柴薪啦！"

"那边有松树。庭院里的树也砍了来，不管是萩蒿还是南天竹，全都砍了来。呃不，还是只砍树就好。一定要堆得比府邸还高。"

"明白！"市川山城好像兴趣盎然起来，他在庭院里一面指挥，一面挥舞攻城用的钺斧把树砍倒。接着就有人来把树锯断、砍碎，其他人就专心地堆高。

日暮时分，一切都收拾妥当。新堆砌的柴薪之山成为府邸一大景观。

"已经按吩咐竣工了。"市川山城报告道。千代说了声辛苦以示感谢。

"可是夫人,您这是打算做什么?"

"什么都不做。"千代跟没事儿人似的。

第二天,奉行方又再次派了使者来,是五千石身份的福原佐渡守。这次他带了百余人来,目的自然还是人质一事——要千代"离开府邸移居大坂城内"。

可是这位福原进了门后,眼见着就脸色瘀青起来,连脚都动不了了似的。他见到了柴薪之山。"这是要干什么?"他问山内家的引路人。

"不清楚。是夫人命令这样做的。"

"难道是打算据守抗击?你们府邸有多少人?"

"二十人,而且半数是夫人侍女。所以据守抗击是不太可能的。"山内家的引路人语气不痛不痒,像是在说别人家的事情一般。

福原佐渡守决定这次说什么也要带走千代。他跟着引路人进了正门,穿过走廊,来到小书院。从这里可以看见庭院,所有的树都被砍伐了个干净,变作柴薪堆得高高的。而且连小书院的地板下也好像塞满了柴火。若是有硝石引火,这小书院毫无疑问会在瞬间变作一片红莲火海。

"山城，"福原佐渡守叫了一声市川山城的名字，"这是什么？"

"回大人，这是柴薪。"

"我知道！问的是要干什么？"

"不清楚。是夫人的命令。您也知道，我家夫人喜欢新奇的东西，可这到底是要做什么……"

"我们上次的那封文书——"福原换了个话题，"关东的对马守大人还没有回信吗？"

"这事儿我们也是——"市川山城妙语连珠，"望穿秋水，盼一日如隔三秋啊！要让我们说，总是希望家主对马守能与奉行一方同心协力的。"

"噢，是吗？"福原的紧张情绪像是稍稍缓解了一下，"那正好。城里都派了好多次使者前来劝说贵府夫人移居城内了，这事儿该办了吧？"

"我们也回过好多次话了，若是没有关东家主对马守的指示，我们也不好办哪。"

"这可是秀赖大人的要求！"

"是——"市川山城行了个礼，"可是这事儿的确不好办哪。我家夫人已经多次申明，如果没有丈夫的允许，哪怕是京都天子的命令，她也是不会移居别处的。"

"我要见贵府夫人。"福原道。

市川山城前去报了千代，于是千代爽快地来到书院。福原佐渡守再度传达了要求，而千代也再度以相同的理由拒绝。

"福原大人，你还要我说多少次？若是再敢强求，我就只有以死明志了。府邸里一旦起火，相信你也只有陪葬的命了，福原大人！"

一听这话福原佐渡守可吓得不轻，慌里慌张就要告辞，很快就从府邸消失了。

家康二十日宿营在下野小山。这夜，伏见城的历代老臣鸟居元忠派的紧急特使，扮作行脚商人到达家康处。使者名叫浜岛无手右卫门。或许是行程中遭遇了数次磨难的缘故吧，一身衣服破破烂烂，都不成人样儿了。

家康即刻接见，道："说！"

浜岛无手右卫门拜伏在地，调匀呼吸后说："大坂诸将，以毛利辉元大人领头，很快就达成阵线。而且奉行一方强行逼迫咱们交出伏见城，被伏见城留守鸟居元忠大人一口回绝了。今后奉行方很可能会领军攻入伏见，料想将有一次激烈的攻防战。"

"伏见城情形如何？"

"因为城中所有人，"无手右卫门转述了城将鸟居元忠的话，"包括足轻兵在内，都决心誓死保卫伏见。请大人无须担心。"

"是吗?"家康点点头。伏见城被夺、鸟居元忠等人的战死,本是预料之中。家康在离开时曾暗中对元忠讲明利害关系,元忠道:"我这个行将入土的老人若是还能发挥余热,替大人带来运气,那也算是死得其所了。大人无须有后顾之忧。"

家康让浜岛无手右卫门回去后,招近臣本多正信、井伊直政前来促膝长谈,互相交换了意见。

"德川夺取天下就在此一举了。"年轻的井伊直政道,"三成举兵可谓天赐良机。古书上有云,天予之而不取反受其咎。如今应该即刻调转方向,挥军西进,统一天下。"

"你还太年轻。"本多正信道,"会津百万石的上杉景胜,已经备好五万大军来应付咱们的攻击。咱们虽有十万,但倘若调转方向挥军西进,上杉的五万大军毫无疑问将从后方追击我方。到时候,我方将面临严峻的夹击之势,前有大坂石田,后有会津上杉,进退两难啊。"

他咽了一口唾液:"更何况,如今跟随大人的诸位大名,受丰臣家恩顾者众多,心底里究竟作何打算并不明朗。就算平素殷勤来访的人,一旦卷入此种事态,变数仍然很大。"他继而又道:"诸位大名的妻儿都在大坂,石田一方要是挟持了她们,并得知关东从军的诸侯铁定站在大人一方,那肯定会毫不留情取了她们性命。诸侯们其实都在担心这个，人心向背说不定会在一夜之间改变。如若率领这样一批随时可能倒戈的诸侯去孤注一掷，实在风险太大。"

"那您认为该如何？"井伊直政问道。

"当下，只有让诸侯先各自回府，以咱家自身的军力守住箱根，抵御大坂军的来袭。除此以外别无他法。只有在箱根战胜大坂军后，才能在天下打出德川的旗帜，并乘胜追击。"

家康听闻，并未言语。

这天夜里，一位使臣从家康处出发前往先锋诸将的阵营。这是一位叫镇目彦右卫门的马术名人。

只见夜幕中他左手举起火把，右手持鞭，奔往诸将各个阵营门口。他收缰站定，在马上朗声道："德川大人有令——使臣镇目彦右卫门来报——明日二十五日——清晨卯时——在小山的德川阵营中召开军事会议，请务必参加——"说罢，旋即御马离开，火把的火焰犹如流星飘逸而去。

"大人，明早卯时，在小山阵营召开军事会议。"跑到伊右卫门跟前来报的是乾彦作。

"是吗？"伊右卫门还未入睡。其他阵营的将领们能在今夜入睡的估计不多。"队长以上职位的全部集合！"伊右卫门命道。

很快，大家都聚拢了来，铠甲的摩擦声噌噌作响。伊右卫门在上座。福冈、乾两位首先说明了大坂情势，然后讲出了此次集合的目的——"咱家到底应该如何做，请大家畅所欲言，不要顾忌。"

"不过有一点要申明，"福冈道，"大人已经下定决心，咱家无论碰到什么艰难险阻，都与德川大人同命运共甘苦。各位请畅所欲言，咱们该怎么办好。"

大家都沉默着，不过并非恶意，而是均不知道该说什么才好。众人心里也有不安，到底跟随德川是对是错？能取胜吗？其实，不只伊右卫门的阵营，其他阵营也是一样，级别越低越觉得不安——奉行方兴许强多了——这种心绪或多或少都存在着。

奉行方毕竟掌握着一座坚固的大坂城，而且有幼主秀赖这面旗帜，能够以秀赖的名义发出各种军令。据说大坂城已经招揽了很多大名，人数、规模都远远超过德川方。

更何况，包括足轻兵在内，大多数将士的妻儿都身在大坂——还是加入奉行一方更妥当——有这种想法也是人之常情。

另外还有一重担心，就是会津的上杉。

（现在咱们是受前后夹击的态势。东部的上杉与西部的奉行之间飘来荡去的，不就是咱们十万余人吗？）

"我来说一句。"后排座位上响起一个声音，是一位名叫渡边笑右卫门的武士，"刚才听福冈大人说，家主的意思是要靠德川大人来开拓家运，可试问德川大人的胜算有几成呢？"

"你是笑右卫门吧？"伊右卫门坐直身子问道。

"是，在下笑右卫门。"

"笑右卫门，你是在担心什么？"伊右卫门亲切问道。伊右卫门此人很有自知之明，知道自己并无超群的才智，所以以善听来达到高人一等的能力。他对部下所说的话连毫无用处的都会点头致意，因此部下们也少有怯场的人。

"前方的敌人，是百万石的上杉。上杉家自谦信公以来，一直以兵马强悍名扬天下，主将景胜、家老直江山城守都是赫赫有名的猛将。大坂方面又有石田三成，恰与会津的上杉景胜形成前后夹击之势。德川大人虽然老练，但前有狼后有虎，谁都无法保证有十成的把握赢得胜利。大人若是押错了宝，家运可就尽了。"

这番话长了他人志气灭了自己威风，却也情有可原。上杉家是正面之敌，关于上杉家动静的情报、流言甚多，因此自然容易过度考虑这些情报，来对事物加以判断。

上杉家老直江山城守曾给家康下过檄文，还在领国内修筑新城，准备引家康入彀一决高下。而且上杉景胜似乎已经下定决心："与家康此战是正义之战，我从未考虑过胜败。诸位，无论是历代老臣还是过去的功臣，抑或只是浪人，若是不愿跟我，我定然允诺。"由此，一举团结了众人之心。而这些情报都顺利传到了德川方。

另外上杉景胜还亲自轻装上阵，去预定战场白河附近勘察地形。回城后，他把主要将领召集到亡父谦信的菩提寺雪洞庵毗沙门堂，道："这次作战并非是为了私怨。内府（家康）去年无端罢黜了奉行石田三成与浅野弹正，而且对咱们上杉家也是百般刁难。是可忍孰不可忍！到了咱们武士请命的时候了，咱们就去跟内府一决雌雄！咱们年少时起，从来都是百战百胜，这次决战也是一样，卑怯叛逃者斩，直勇有功者赏！你们可愿与我同死白河口？！就让毗沙门天王与亡父谦信公做个见证，咱们就此定下誓约！"

说罢，景胜割破手指写下血书，其余诸将也都肃然跟从，立下血誓。连下级武士也都喝了毗沙门堂的神水发誓决一死战。也就是说，他们都成了敢死将士。所有人都誓死决战，没有其他军团强得过这种敢死军团。

更何况参谋长直江山城守还详细做过说明，让大家对此战的胜利充满希望："若要预测胜负，毫无疑问，胜利是属于咱们的！本来攻城就比守城所需兵力多得多，五倍至十倍不等。哪怕他家康智谋无双，会神机妙算，他也只有不到十万人马，想攻破咱们五万守城兵是不可能的事。"

景胜与直江山城守的作战计划，是将敌军引入白河之南的革笼原，再一举歼灭。革笼原是个宽阔的盆地，是大军一决雌雄的好所在。他们让原上民家迁移至别处，为避免敌军拿民居当据点，放火烧掉了所有民居，连杂木丛都不剩一堆。

伊右卫门等人所面对的就是这样的敌人。

"敢问大人，德川大人有把握取胜吗？"渡边笑右卫门问道。他语音刚落，满堂唏嘘之声顿起。伊右卫门仔仔细细观察着这一切，默不作声，只一双眼睛在动。他一张张脸看过去，有的人一碰到他的眼神便缩了回去。

（看来大家都很不安啊。）

笑右卫门的这段发言便是这种不安的代表。平定这种唏嘘之声、使家臣团众人们团结一心，正是大将伊右卫门分内的工作。

（说什么好？）

不知道。若不小心说得迂腐了些，反而会令家臣们乱上添乱。若是千代，在此种场合会怎么说呢？伊右卫门根本没法儿预言德川大人能不能取胜。

取胜的条件有三点，伊右卫门思忖：

（首先，德川大人是有能的军略家，曾在小牧、长久手之战使太阁都一败涂地。）

而敌方的石田三成几乎没什么军功。况且被立为敌方总帅的毛利辉元，是名家的第三代，很是凡庸，对家康几乎不构成威胁。

其次，是身家大小。家康坐拥关东二百五十万石，是大大名，而三成不过江州佐和山二十万石而已，完全没法儿比。如若动员天下诸侯，两者信用有云泥之差。

（或许，会回到战国时代吧。）

伊右卫门思前想后，若是天下再次大乱，还是应该择明主而仕，拥戴有统率能力的大家，来开拓自家命运。这才是战国时代的常识。

第三，如今各种各样的情报纷至沓来，可有一点相当重要。过去受丰臣恩顾的武将中，与秀吉之缘越深则越是家康一派。比如加藤清正、福岛正则、加藤嘉明、黑田长政、浅野幸长、细川忠兴……同时，他们也都是秀吉正妻北政所所钟爱的武将。

（莫非是北政所夫人在暗中指挥大家加入德川一方？）

这种猜度并非无中生有。北政所认为家康是最为正直仗义的人，她想依靠家康来拥立丰臣家，这点伊右卫门也清楚。

（说不定就是那一位利用自身影响，劝说加藤清正等人站到德川一边的。）

如果真是这样，那殷勤到访家康府上的武将人数实际上会比伊右卫门所知的更多。可是，即便如此，也不敢打包票说一定会赢。因为西军亦有利点，如果只考虑西军之利，很容易推论出石田一方的西军会取得压倒性胜利的结果。

（不能只考虑敌军长处。）

伊右卫门思忖。伊右卫门从一名织田家的下级武士时起，经历了数不清的劫难，才最终铭记了这个自身的教训。

（真正的战事不是纸上谈兵，不战是不知道结果的。就跟赌博一样。）

而且伊右卫门从来就相信自己有福星高照。从前跟随信长，之后成为秀吉下属，除了小牧、长久手的失败以外，打的都是胜仗。不是因为伊右卫门厉害，而是最高指挥官引导了胜利。

（俺就是运气好啊！）

这次跟随德川大人一定也是一样！

"没有——"伊右卫门大声道。在座的诸位一听，惊得面面相觑。"没有胜算。"伊右卫门少见地扫视了一圈，不带任何表情，只目光的余晖闪闪发亮。众人沉寂下来，都屏息注视着他。

"德川大人能否得胜，谁都不清楚。若是结果一清二楚，那还需要打什么仗？"伊右卫门的语气里像是充满了愤懑与不平。不过，他的心里装的并非此类情绪，他只是极为认真地在思索，就宛若是在说些对神祈祷的话一般。

他几乎是屏住呼吸，再次用目光横扫所有人，道："是咱们要让德川大人取胜！"

所有人都若有所思，接着扬起脸来，所有人都是一个表情！

（成功了！）

伊右卫门终于安下心来，心底里长长吐了口气。在这个最为紧要的关头，一家上下终于团结一心！

"俺比在座的哪位厮杀过的战场都多。"伊右卫门微笑道。事实就是如此，这个时代的大名大都是创业的英雄，无论经验、指挥能力还是对情势的判断能力，自然都比家臣高些。"俺经历无数战事，得到的一条最为重要的经验便是：无论处于何等苦境，都要相信咱们自己能取得最后的胜利！俺要用这一战来开拓山内家运，大家也要抓住机遇好好开拓自己的家运！如果俺不幸战死，就拥立俺弟之子忠义（国松）为家主。如果诸位战死，俺一定会扶持你们的孩子！"

伊右卫门的话激昂了自己，他继续道："若是没有孩子，就扶持兄弟。若是没有兄弟，就遍寻亲戚。俺一定会让你们的功劳传承下去，决不辜负诸位！俺会死战到底！大家也跟我死战到底如何?!"

所有人都跪拜在地。

伊右卫门觉得似乎说多了点儿。这种场合，"家主"的话还是越少越能留有感动的余地。其余的让家老去说就好了。于是他调转语气，问道："笑右卫门，你可明白了？"面露微笑。

笑右卫门当然是毫无异议跪拜在地，双肩因激动而微颤。

（为了这位名将，便是死也值了！）

这是此刻笑右卫门的心思。

说实话，此夜的伊右卫门的确配得上名将这个称谓。随后，他遣散诸位，回房休息去了。

（距天亮还有些时辰。）

他脱光衣服钻进被子，明晨还有军议。

（怎么都得睡一会儿。）

他闭上双眼，明晨的军议，他得比任何人都思虑清晰。

军议、军议，此刻伊右卫门的声声呼吸里绕不开这两个字。这位从来都沉默寡言而且资质平庸的男子，迄今为止在任何军议里都没怎么发言，总是一副在角落里沉默着的样子。

（不过，这次军议，俺要发言，一定要让众人刮目相看。）

他这样为自己打气。虽然不过仍是区区六万石，但他预感到该轮到自己来撼动天下的杠杆了，一小段就好。其实，山内对马守一丰，此刻虽不是大人物，却已不再是小人物了。

东征（续）

刚拂晓,伊右卫门便一跃而起:"拿盔甲来。"随从们闻言,即刻前来替他穿戴。出门后,只见马夫已经备好马匹正在等候,伊右卫门翻身上马,望望天,道:"是个大晴天啊!"

福冈市右卫门、深尾汤右卫门、野野村太郎右卫门九郎、安东太郎太左卫门、祖父江新右卫门(现称道印),还有过世的五藤吉兵卫之弟内藏助等部将级别的诸位家臣,都一字儿排开站在伊右卫门面前。

"是军议,"伊右卫门在马背上道,"只需少数侍从即可,市右卫门、汤右卫门,你俩跟俺来。"

"是!"

"便当做好了吗?"伊右卫门对这种事很是仔细。

"已经做好。"深尾汤右卫门不以为然道。

"咱是要去小山的阵营,大概很晚才能回来,得准备三份明白吗?"

"已经准备了四份。"

"那还行。"伊右卫门策马迈出山门,巧妙地下了七段石阶。他不喜哗众取宠,但马术精湛,偶尔会露上这么一手。

到街道上后,伊右卫门忽道:"等等,先去旁边阵营看看堀尾信浓守大人,咱们邀他同去。"他命众人调转方向,去了有名之士堀尾信浓守忠氏的军营,下马问道:"信浓守大人还未出发吧?"

门卫回答说大人正在用早餐。

"汤右卫门,你进去问问信浓守大人,此地至小山路途遥远,可否赏光同道而行。"深尾汤右卫门得令进了门内。门内侍从们都已准备就绪,正等待家主堀尾忠氏用餐完毕。于是汤右卫门找到其中一位,转告了伊右卫门的话。对方一听,一脸神情很是微妙。

(大名同道而行,这可少见。)

侍从进来禀明时,堀尾忠氏正吃着清茶泡饭。这是位二十多岁的年轻武将,肤色白皙容貌秀丽,在当时的武将中实属另类。

"噢?是对马守大人来了?"他放下筷子。

"是。"来报的家臣点点头。

忠氏目光深邃,好像在思索着什么,片刻后道:"果然耿直仗义。是因为阵营相邻便前来邀请同行?"

"正是。"

"他在哪里候着？"

"就在门前的道上。"

"这……怎可如此怠慢，赶快拿茶汤接待。"他自己也赶紧把饭吃完。

伊右卫门此时在路上思忖：

（忠氏虽然年轻，可是智慧超群。与他同行，一定能够受到启发。）

堀尾信浓守忠氏是十二万石的大名，居城在远州浜松城。与伊右卫门的挂川城正好相邻，因此一直交往甚深。其父堀尾吉晴，通称"茂助"，是位有名的勇士，今年五十八了。比起忠氏，伊右卫门与他父亲——年长同僚的吉晴，交往更深。堀尾家就是茂助一人打拼出来的。

有这样一段逸事。织田信长在世时，有一次在尾张国上郡附近狩猎。

信长是个爱狩猎的人，那天腰腿上裹了鹿皮裙，腰带上横插一把短太刀，头上戴一顶灯芯草笠，策马扬鞭亲自指挥着。他用了千人以上的村中百姓，敲锣打鼓吹螺号，从山林深处往外赶鸟兽。而山野间的各个要所，都安排好人马，一旦有猎物跑出便射击斩获。

信长自己则一会儿站在屋顶，一会儿策马奔往山谷，时不时下令道:"铁炮组就在这条道上候着,弓箭组在那边。鹿群大概会从那个山谷过来,野猪会从那些岩壁间穿过来。到时候给我放手猎。"

就在他跑上一条樵夫小道时,前方有足轻兵嚷嚷道:"看!"原来一头壮如小牛的大野猪正卷风飞驰而来。

前面的那些铁炮组、弓箭组的人还没来得及改换方向,持长枪的人便被悲惨地掀翻在地。而后箭也发了,炮也放了,可惜全没射中。只见野猪直直冲来,就快撞翻信长坐骑,这时一个从山腹间跑来的少年突然出现在旁边,"呀——"的一声拿竹枪刺向野猪。竹枪刺中野猪腹部,啪嚓一声断了。随后少年眼尖手快抓住野猪毛,翻身跨到野猪背上。在两者扭打一起时,少年拿出山刀,朝野猪肋间一刀刺进并搅动数下。最终野猪终于倒地不再动弹,而少年也精疲力竭昏了过去。

"快来人照顾照顾那孩子。"信长命人赶快救治。

那孩子身穿一件手工织就的横纹木棉单衣,一条竖纹绑脚袴,手持的山刀是铜质的。年龄大约十四五,好像是村中百姓的孩子。这时的秀吉还叫作木下藤吉郎,他恳请信长道:"可否把这孩子赏给在下好好培养?"信长允了。

这孩子名叫仁王丸,后来称作茂助,勇敢、有才略。秀吉当上大名,成为近江长浜城主时,茂助受封一百一十石,后增至三百石。秀吉搬至姬路城时，受封一千五百石，后增至三千石。这时与伊右卫门并无多大差别。后来他又步步高升，拜领了远州滨松十二万石，如今是丰臣家执政官、仅次于五大老的三中老之一。

其子便是信浓守忠氏。虽然还未正式继承家业，可已能替父亲指挥家中的上上下下。忠氏还只有二十三岁，但据闻智谋已胜其父。

堀尾忠氏用完早餐后，持鞭出了阵营，对伊右卫门郑重招呼道："承蒙厚爱相邀同行，实在诚惶诚恐。但不料准备竟花了这许久时间，让对马守大人在路旁久等了，真是过意不去！"

"您太客气了！都怪俺不打招呼便冒昧相邀，给您添麻烦了！"伊右卫门骑上马后，转身对自己数名侍从道："你们远远跟着就好。俺要跟信浓守大人并排聊天儿呢。"

伊右卫门这么一说，信浓守的侍从们也只好避讳。可道路很窄，两队并走几无可能，伊右卫门又道："还是请信浓守大人的几位得力干将先行吧。"在这些小事上伊右卫门总是想得很周到。于是队列便自然地变作堀尾队的前锋、山内队的后卫，而伊右卫门与堀尾忠氏在中间并辔行走。

"今日真是个好天儿啊。"伊右卫门纵马徐行。

"的确。"

"令尊身子可好？"

"硬朗着呢。"忠氏一张稚气还未褪尽的脸颊上扬起微笑。

"过去，"伊右卫门道，"俺与令尊也这样并马聊过天呢。"

"父亲也经常提起这样的往事。在太阁公的小牧山那会儿，听说羽黑之阵父亲与大人曾在一起过？"

"是啊，一起守过一个堡垒。想想真令人怀念哪！"伊右卫门缓缓前行道，"跟现在一样，过去俺也是愚钝得很。一旦碰到状况，俺这颗脑瓜无法判断时，就会去请教令尊。"

"您太谦逊了。"年轻的忠氏在马上低头施礼。

"呃不，不是谦逊。俺虽然在战场上总不愿落于人后，但总会碰到这样那样不太明白的事，而每次都靠了朋辈、部下的帮助化险为夷。后来靠武运得了一城，拿了六万石俸禄，可这些都是托了大家的福啊。"

"您涵养真好！要说啊，都是因为对马守大人仁心德厚的缘故。若非仁心德厚，谁愿意无端把智慧借与他人呢？"

"呃不不，若不是借了大家的智慧，伊右卫门当真无法自立。都是靠了大家无偿的帮助啊。"

"这就叫仁心德厚嘛，这可是偷学不来的。那，如此说来，对马守大人平时总是备了数人的智慧，再做过取舍后，付诸行动的啰?"

"无奈天性愚钝——"伊右卫门这个老资格的大名,竟谦虚得让年轻的信浓守都感到不自在。可伊右卫门自身却觉得最自然不过。或许这就是伊右卫门所具有的特别的仁德吧。

"对了,"伊右卫门道,"今日在小山的军议,会是什么议题呢?"

"这个嘛……"堀尾忠氏望着前方的白云,面含微笑。毕竟是聪颖之人,他大概已经心中有数了吧。

伊右卫门与堀尾忠氏都是"东海大名",位置特别。秀吉曾经为了防御关东的家康挑起叛乱,从箱根到西部东海道的主要关隘处,分别安置了多位性格笃实、正直的大名。骏府城的中村一氏、挂川城的山内一丰、横须贺城的有马丰氏、浜松城的堀尾吉晴、吉田城(丰桥城)的池田辉政、冈崎城的田中吉政、尾张清洲城的福岛正则等人,怎么看都是正直守义、德高望重之人。哪怕德川家以利诱之,他们也决不会轻易动摇。

秀吉在对德川的战略上考虑到,就算德川真的要从箱根出来,也得把东海道上的正直大名之城一座座摧毁了才能继续前行。而德川家康其实也是顾虑重重,几乎从未在事前对这些正直笃实的大名们做任何的政治工作。受丰臣恩顾的大名们，很多都在暗中被家康拉入了自己的阵营，可伊右卫门等人却从没有碰过。理由便基于此。

堀尾忠氏也是一样，两人在此事上可谓立场一致。

"大人觉得，今后这天下形势，到底会怎么变？"伊右卫门一副思虑重重的模样。

"会变作德川大人的天下吧。"年轻的忠氏道，而且还加上一句，"家父曾说，太阁过世后，就仰仗德川大人立家，我也这么认为。我会拥立德川大人。"

"原来如此——"

见伊右卫门如此感怀，忠氏反倒觉得不安，极其严肃认真地问道："莫非对马守大人要站在大坂的石田治部少辅一方？"

伊右卫门连忙回答："不不，绝对不是。天下是有夺取天下之器量者的天下。织田信长公在本能寺突然过世后，无论是织田信雄还是其余信长公之子，都非大器量者，所以天下落入了本是一介部将的秀吉公手中。有了这个先例，这次天下交到德川大人手中实属应该。正所谓时事所趋、众望所归、天理使然。俺虽人微力薄，也愿意拥立德川大人，以开拓世运。"

"这样甚好。"忠氏仿佛安下心来。

"不过信浓守大人——"

"嗯?"

"今日的军议,"伊右卫门又回到了刚才的话题,"会谈些什么呢?都说您虽年轻,可智慧是当仁不让的第一人,您可有什么预见吗?"

"哪里哪里。像我这种毛头小子能有什么预见啊?"忠氏谦虚了一句,但毕竟年轻,与年长的伊右卫门的谦逊相比,难免会显露出一两丝的优越感来。"倒是有一点——"他稍显得意道。

"这种场合下,人心总是极为微妙的。"堀尾忠氏道,"就算心底里愿意站在德川一方,可大坂的妻儿不免让人牵挂。而且,到底是德川强,还是大坂强?若说大坂强,只要有人斩钉截铁这么说,人们也就会人云亦云真觉得是这么回事。若有人说德川大人的弓箭才是天下第一,人们又会觉得这也不假。总之是飘摇不定难以定夺。"

"的确!"年长的伊右卫门点头赞同。

"现在的人心,就好似暴风下的芒草一般,风朝西吹就全倒向西,风朝东吹就全倒向东,自己是难以做主的。"

"正是正是。"

"无论什么时候什么场合,人群中的十之八九都是没有主见,会随风而动,这其实是世间常态。"

"啊——对对!"伊右卫门极为钦佩,这位年纪不及自己一半的年轻人,说的话就像是活了百岁的人似的。

"这种时候,人们总是习惯于看旁人的脸色。旁人若是往东,他也往东;旁人若是露出往西的意思,他也会动摇不已。可是——"堀尾忠氏擦擦嘴唇,"这次的小山军议,连这个旁人也是左顾右看、面面相觑,不知道该如何办才好。"

"正是如此啊!"伊右卫门点了两三次头。

"所以,"忠氏又道,"这次能引领众人者,便是决定天下之势者,是改变历史的人。"

"噢!呵呵!"

"现在,我几乎都能看到军议开场前诸位脸上的表情了。场上是静悄悄一片,有人低着头尽量把脸藏着掖着;有人视线无处安放只盯着自己指甲;有人无所事事数着榻榻米。谁在哪儿做着什么,都一目了然似的。"

"信浓守大人可真是千里眼啊!"

"哪里。只是稍加考虑便一目了然。"

"您也太厉害了!"

"这时,"忠氏道,"只要有人站出来,说不管别人如何打算,我就是要与德川大人同进退。那大家定会争先恐后地表态,又叫又嚷,生怕落了人后。说什么我早就决定拥立德川大人了，说什么就让在下打先锋吧，说什么粉身碎骨以报大人知遇之恩等等，就跟村落里的麻雀齐鸣似的热闹非凡啊。"

"哈哈。"

"不过，光凭这点还无法引领众人，还需要做点儿具体的事情。比如我是浜松城主，德川大人西征定会经过本城，那我就把此城交与德川大人。"

"哦！"

"把城内收拾干净，带领所有人马加入西征军。若能让德川大人与旗本们随意使用此城，那自己的一番诚意定能获得一个较高的评价。这样一来，议席上在座的东海道诸位城主们，都会一一效仿，把城郭空出来让给德川大人。只这一招，不就等于德川大人赢了吗？"

"等于赢了？"伊右卫门不由得反问了一句。

"是啊，东海道上的诸位大名们都跟风把自己城池让与德川大人，其他大名一定会大惊失色的。"

"有道理。"

"德川大人就等于是不战而天下归顺之。如此一来，议席上在座的诸位大名都明白'识时务者为俊杰'的道理，定然不愿意落于人后，于是争先恐后要站在德川一方了，士气也会为之大振。"

"哦！"确实如此，伊右卫门也这么想。不过，这位年轻的堀尾家少主，实在是脑筋锐敏异常。"听君一席话胜读十年书啊！俺这种只会拼杀的老古董甘拜下风！在大人的智谋面前，俺就跟个婴儿似的。"

"哪里哪里。"堀尾忠氏愉悦地摇摇脑袋，"我只是偶然想到罢了，哪里算什么智谋啊。"

"您太谦逊了。"伊右卫门一步一摇地纵马前行，不自禁地仰视忠氏道，"如果信浓守大人在军议席上担当引领众人者，那俺就把挂川城献出来。"

"啊哈哈。"忠氏瞧着伊右卫门的这股认真劲儿，不由得笑起来，"对马守大人可真是为人直率，全没有年长武士的酸劲儿啊。我只是偶然想到罢了，瞧您这么认真反倒让我惴惴不安起来。"

"您是在开玩笑？"

"哪里哪里。对马守大人对女子也是礼数周全的吧？"

"啊？"话题突然转风，伊右卫门硬是愣了半晌没跟上。

"我也曾听家父提起过您的为人。简直那个……"他想说简直是个大好人啊，可最终把后半句吞了下去。

终于到了小山。小山是下野国有名的驿站，人多房多寺庙也多，作为家康直属大部队的宿营地是最好不过的去处。

伊右卫门从马上望过去，宿营地中间自不必说，西部的现声寺、西南的祇园社林等地，到处是旌旗飘飘，各色各样的都有。宿营地入口处设置了一条临时栅栏，家康的警卫足田源左卫门见他们走进，对二人道："堀尾信浓守大人、山内对马守大人，军议地点设在西北小山的旧城，特此告知。"

"有劳了。"伊右卫门回了一声，叫来领头深尾汤右卫门，命道："此去小山旧城，人数太多恐有不便，你们就在此等候吧。"于是，伊右卫门就领着十人左右的徒士、足轻兵，让他们带着一支长枪、两个挑箱、马帜，踏上了去往旧城的小道。远观仿佛是支五百石左右的小队。

堀尾忠氏也学伊右卫门精简了队伍。

伊右卫门所走的是红土坡道。此路通往城郭，有很多险峻的斜坡，他在途中有时还不得不抓住松枝一步步腾挪往前。

（俺真是年纪大了啊！）

年轻时参加过数十次攻城战，这种坡路一口气嗖嗖就爬上去了，哪会像如今这般气喘吁吁？

"大人，您没事儿吧？"野野村太郎右卫门九郎从背后推着他的屁股问道，"要不然先找块地儿休息会儿，把便当吃了吧？"

"呃嗯。"伊右卫门模棱两可哼了一声,被人同情怜悯可不太好受。

(虽平素不怎么考虑年纪——)

伊右卫门喘着气思忖。

(——可俺也五十六了啊!)

能活到现在已经很不错啦。自己本身并无甚力量,亦无甚才能,只因为战场上没死,就活了五十六年。而且不光活了下来,今天还能作为诸侯之一前往会场参加军议。

(运气真好!)

他忽地想起大坂的千代。千代也虚岁四十四了,可也不知是什么缘故,她现在看起来也最多三十出头的年纪。

(千代,俺老啦!连这种坡都爬不动啦!)

"大人!"推屁股的野野村太郎右卫门九郎道,"其他诸侯都还未到,离军议开场还有时间,就找块草地把便当吃了吧。"

"哦,时间还早啊。"

伊右卫门终于找到休息的借口了。他吩咐野野村太郎右卫门九郎安排众人找个合适的地方。很快他们便在道旁百步之远的地方发现了一小块平地。伊右卫门走过去,见草已铺好,成了个舒服的草垫。

"噢,这里景致不错嘛。"他面前便是悬崖,下面一条思川正蜿蜒咆哮。

"毕竟是座废城，寂寥得紧。"伊右卫门环顾周遭的松林、被草丛掩盖的城垒遗迹，少见地感慨了一句。

"据说，小山城是小山政光所筑，这位小山政光是源平时代藤原秀乡的后裔，时任下野大掾[1]。小山氏领地包括都贺、寒川、结城三郡，管辖上六十六乡、下三十六乡，合计一万多町的广袤土地。小山氏延续了十几代，在战国乱世中被小田原的北条氏降服，成为北条氏的隶属武家，得以继续把守小山城。可后来太阁得天下，小田原的北条氏被灭，关八州也被尽数没收，小山氏的城池就此废弃，成为野草蔓延之地。最后一代城主高纲年仅十九岁，守城时战死。其胞弟秀宏好歹逃了出去，如今下落不明。真所谓成者为王败者寇啊！"

便当已经准备妥当。因是行军在外，没有茶，野野村太郎右卫门九郎从下面打来溪水，盛入便当旁的竹筒里。

用餐完毕后，伊右卫门没有立即起身，只茫然眺望着眼前的关东平野。

"大人，您怎么了？上坡的人越来越多了呢。"

"是啊。"伊右卫门仍未起身，扯下一根草，嚼起了草根。青涩的汁液弥漫口中，竟让他回想起年少时的光景来。

（活到现在不错啦！）

这股感念又从他胸中冒了出来。

"请大人上路吧。"

"不用急。还有在白泽、喜连川等地宿营的人，他们肯定还要走上一阵子才到得了。"

"大人是肚子不舒服？"野野村太郎右卫门九郎神情疑惑地问道。

"没有不舒服啊。"伊右卫门是想起了刚才堀尾忠氏的那番侃侃而谈的模样。不过他不仅没有丝毫不快，反而觉得欣慰。

（能跟这般远见卓识的年轻人说话，真是舒畅啊！）

有自知之明的伊右卫门总是对智者崇敬有加，这也是他的美德之一。

（俺踏过很多战场，经验应该不比别人少。可智慧却不是靠经验堆出来的，那是天生的。不过啊，俺有肚量！）

这肚量也跟经验一样，是堆出来的。俺如今遇事已不再飘摇不定，因为这些事情过去大抵都经历过了，只要回想当年，便很容易安下心来。而且，无论遇到怎样的人也不再惊诧，因为已经识人无数。况且天下诸侯也都认识，知晓他们的手段与能力，也能依其经历推断他们下一步的行动。这种镇定自若，无疑是源于经验的积累。堀尾忠氏的智慧，俺是甘拜下风，可也不会轻易动摇，俺有俺老当益壮的好处。

（确实是个好点子啊，不过那位年轻人有胆量在满座众人之前如此侃侃而谈吗？）

若是自己，有。伊右卫门如此思忖。自加入织田家后，经历了那几十场的生死之战，他有了一种俯瞰众山小的心境，人间世事不过如此。

"走吧。"伊右卫门起身。拨开竹叶前行时，许多小虫宛如火灰一般四散飞去。"虫还真多，"伊右卫门出了坡道，"俺有精神了，不用再推屁股了。"他稳步前行，不久到了顶峰的旧主城。

"你们就在这附近休息吧，松树底下也可。军议也用不了一时半刻，不过俺军议结束出来时，天下就大不一样了。今日的光景你们就好生看着吧，别忘了告诉子孙后代。"

旧主城所在的平坦之地上，有座住了当地所有百姓的大庄园。不过，虽说叫大庄园，可人一旦聚集起来，还是多少显得有些闷。所以，为了今日的军议，昨日找来一批附近的木匠，在庄园背后紧急打造了一个木板建筑。

"噢，大夫大人！"伊右卫门对一位走过身旁的人打了个招呼，此人三十七八岁年纪，是福岛左卫门大夫正则。正则头上戴一顶折叠乌帽子，身穿直垂衾[2]，上面套了护身铠衣。与伊右卫门一样，他也只带了一小队人，帮他拿着大刀与挑箱。

福岛左卫门大夫正则是尾张二十四万石的大大名。因为是秀吉的表弟，所以跟加藤清正一样从年少时便成为秀吉的得力小将，后来更是数次高升，还被赐予羽柴的姓，称羽柴清洲侍从。他是个有实力又勇敢的人，只要一出战场便犹如一只狰狞的猛虎，与加藤清正是丰臣军团的一对突击队长。不过说到智谋，可能还欠火候。

"哎呀，对州大人吧?"正则回过头来，气虚地笑了笑。

(奇怪!)

此人竟然这么气虚!伊右卫门仔细瞧了瞧，只见他还不显十分成熟的一张脸，色泽极是暗淡。

(他是犹豫不决，烦恼着吧?)

这是伊右卫门的直觉。在大坂举兵的石田三成，跟福岛正则的关系是有名的不共戴天。如果有机会喝其血啖其肉，正则是绝对不会放过的。可这次三成举兵，打的是"秀赖公之令"的旗号。正则对丰臣家的眷顾一直感恩戴德不敢有忘，在他看来，对三成是私怨，与"秀赖公之令"不可相提并论。

后来伊右卫门才知晓正则烦恼的原因。家康在丰臣家诸将之中，对秀吉亲戚福岛正则与加藤清正两人，可是下了一番极大的功夫。

秀吉一过世家康便将养女嫁给清正,以拉拢其心。这次征伐上杉,清正请愿——一定跟随德川大人从军出征。家康以九州民心不安这个理由,让他先回了领国肥后熊本。对清正,家康还是很放心,不放心的是正则。正则性格执拗,实在难以琢磨他会做出什么事来。

因此家康昨夜专门找来与正则关系较好的黑田长政,询问详情。家康告诉长政,如果正则愿意追随家康,那军议席上就让正则率先发言:"不论旁人如何,在下是决意站在内府大人一边!"他这一句话就足以牵引其他丰臣家诸侯之心了。而正则听了黑田长政一席话,明白了利害关系,也决意照他所说的那样第一个发言;可正则毕竟是直性子,以他在丰臣家里的特殊立场,一丁点儿违心之言都难以出口。

所以他的脸色才如此暗淡无光。

"对州大人阵营中,后来还有消息送来吗?"正则问伊右卫门道。问话的语气方式,仿佛很想知道伊右卫门肚中所思一般,眼神也与平素的正则不同。

(他的眼神也会变成这样啊?)

伊右卫门竟同情起正则的立场来。

"可惜还没有啊。"

"尊夫人是比清少纳言[3]还聪颖之人，想来您是很放心的了。"也不知道正则是从哪里听来了清少纳言的名号，伊右卫门自然是不知的，还以为是巴御前或者板额那样的女豪杰，于是回答道："您说什么呢！内人又不是什么巫婆。看见起火了也会怕，看见军队包围也只会念经祈福，说穿了就是个手无缚鸡之力的小女人罢了。"

"原来如此！"不知正则是因为感念还是其他，只见他连着点了两三次头才离开。

之后伊右卫门又见了好多大名，有招呼他的，有他招呼的。

他见到了细川忠兴。细川夫人在大坂府邸放火自戮，已是全军皆知，所以伊右卫门道："大坂之事，还请节哀顺变哪！"

"无需介意。"忠兴回了一句便离开，脸上有极为倔强决绝的神情。他从始至终无论言行一直都是站在德川一方，这亦是全军皆知的事实。

接着浅野幸长过来了。幸长也老早就是德川党的一员，此刻一副异常紧张的模样，连伊右卫门的招呼都没注意到，便大踏步进了屋子。

（好……）

伊右卫门望了望天，缓缓走进房间。先到的尾张黑田三万石的大名一柳监物直盛，空出了自己身边的一个座位，招呼道："噢，对州大人！"

伊右卫门与此人的长兄一柳直末一直是好友，相交甚亲。当初一柳直末在小田原的山中城攻城战中战死时，伊右卫门仅仅离他几十丈远。所以他对一柳直盛也感觉特别亲近。

一柳直盛是一介武夫，一碰到这种一本正经的军议便面色苍白手足无措，连身子都有些微颤似的。"对州大人，今日到底会怎样啊？"他好像是说了这么一句，但却因缺了门牙漏风，伊右卫门并未听清。他性子急，易怒，只要有人嘲笑他说话漏风，他便手持刀剑一副不讨回公道决不罢休的架势。

"不清楚啊。"伊右卫门回答道。还未开场，到底怎样谁都不可能知道。不过若像他这般只有三万石，还是顺应大势、人云亦云的好啊。

随后，志摩鸟羽三万石的城主九鬼守隆、大和御所八千石的桑山元晴等都坐到了伊右卫门身边，前排有阿波德岛十八万多石的蜂须贺至镇等在座。

人越集越多，只见伊予八万石的藤堂高虎忙呵呵地周旋其间，摆出一副好似德川家里人似的面孔。伊右卫门曾听说，此人虽是秀吉一手栽培出来的，可很早就开始替家康做些类似间谍的事，暗中搞了不少名堂。

家康出席了，座位是上段之座。

下段席位上的众人一齐向家康施礼。当然此礼并非拜主公之礼，而是因为家康是内大臣，在丰臣家诸侯中最位高权重。家康也向众人回礼致意，这一个来回的礼数就好比是相互间打个招呼。

可是家康的这番回礼致意，只有动作没有语言，俨然一副主公的姿态。因为这种场合下，身为主公一般是不会对家臣多开口的，他的话自有家老级别的人代替他讲。而此刻家康的近处就坐了德川家老——本多正信、本多忠胜。

"路途遥远，大家辛苦了！"本多正信声音沙哑，半侧着身子朝向众位诸侯道。正信原本是僧人，现尊称佐渡守大人。他是个六十来岁的老头儿，长一双看似阴险的眸子，人称"家康怀中刀"。

"今日召集大家前来不为别事，只因主公尚在征伐上杉的途中，可不料石田三成竟举起了谋反之旗。此事相信在座各位均已知晓。"正信随意地便用了"主公"一词。主公之意是天下之主宰，过去只有秀吉被尊为主公。也不知从何时起，此词也成了对家康的尊称。而且言语中还提到"石田三成谋反"，三成举兵对家康，原本构不成谋反，可正信就这么说了，实际上相当于暗中宣告诸位：家康已是天下之主，是大家的主公了。

"诸位——"另一个声音响起。

伊右卫门挺直腰身看了看，却发现不是本多正信，亦非本多忠胜，不知何时两位并非家康家臣的人已经站在家康身旁，成了家康的代言人——山冈道阿弥、冈江雪。这两位僧人模样的武将曾是秀吉家臣里的御伽众，颇受秀吉赏识，在伏见城内还有受赐的府邸。

山冈道阿弥以前曾称备前守景友，是近江甲贺武士中的栋梁之才。他以前在足利幕府任职，后来进了织田家，隐居一段时日后又转而侍奉丰臣家。他精于茶道，在众诸侯之间交往颇广，因此家康才特意找来代替自己发言，这样诸侯们听来效果尤胜于己。家康为了此场演出可谓颇费心机。（山冈后来成为幕僚之一，在幕府末期山冈一族里出现了一位名士铁舟，即山冈铁太郎。）

冈江雪原是小田原北条家旧臣，北条家被秀吉所灭后，他成了秀吉的御伽众。此人也是风流茶人，交往颇广。

（两位老人选得真是不错啊。）

伊右卫门对德川家的政治能力咋舌不已。只听山冈道阿弥说道："诸位，石田治部少辅早就对内府怀恨在心，一直想借机作乱。据了解，这次是他跟会津的上杉景胜相与共谋举兵起事。这位石田身后,有备前中纳言宇喜多秀家、安艺中纳言毛利辉元等做后盾。石田拥护幼主秀赖,有大义名分,因此他的劝诱让人无法拒绝。而且在大坂留有人质的诸位,大概也是非常犹豫要不要站在石田一边吧。"

道阿弥停顿片刻,喘了口气。

道阿弥老人深深吸了一口气,又道:"内府有令,尊重诸位各自的选择。无论是回到领国,加固自己城池;还是前往大坂,与治部少辅会师合流,我们一概不干预、不阻挠。"

(啊!)

伊右卫门心里惊叹。这与其说表现了家康的大度,不如彰显了家康的不屑一顾。您爱走便走,无所谓——也即是说,我们有必胜的自信,缺您一个不打紧。

听闻这句台词,诸将们可谓肝胆俱寒。场内一片死寂,甚至能听见四处吞咽唾沫的声音。虽都是率领千军万马之将才,可一旦碰上这种要决断自家兴亡的场合,也免不了过分紧张。

(就是现在了!俺得说点儿什么。)

伊右卫门思忖。刚才,智者堀尾忠氏说道,在会议上第一个作决定性发言的人,将改变场上僵滞的空气,引领众人。于是他想到,是时候了,可仅此一念却让他的身子不由自主颤抖起来。

不过并非只有伊右卫门一人在颤抖,好像堀尾忠氏也在某个席位上微颤着,全没有要发言的样子。这时,一人扬声说了句"请恕在下无礼"。伊右卫门一看吃了一惊,出列的竟是福岛正则。

"其他人我不清楚,不过鄙人——"正则大声道,"事到如今是决不会站到治部少辅(三成)一边的。大坂确实留有鄙人妻儿,可鄙人妻儿不是交与治部少辅的人质,就算不幸为治部少辅所害,也于鄙人的名誉无损。鄙人已决意追随内府,成为内府的左臂右膀。"

一席话如一声惊雷在诸将胸中炸开,大家都争相说与正则相同的话,表态要追随家康。会场上一时间躁动不已。

然后黑田长政出列,亦是大声说道:"正如适才左卫门大夫(正则)所言,鄙人也绝对不会加入大坂一方。鄙人誓与德川家同生死、共兴亡。"会场上的空气因正则、长政两人的发言,拧成了一股。

(俺迟了一步!)

伊右卫门全身汗涔涔的,泄了气一般。不过他善于劝慰自己。毕竟在座的从军诸将中,要属福岛正则领地最大,黑田长政第二。就算伊右卫门第一个发言,可他毕竟只是个小大名,能否一呼百应还有待考究。

（没事儿。）

他定睛细看，心情又平复下来。

（总有机会在这会场上投一块石头，掀一番风浪的。）

"诸位怎么看？"山冈道阿弥直起半个身子，环顾四周，再次强调道。"刚才左卫门大夫与甲斐守两位的话，在座诸位怎么看？是意见相同，还是持有异议？"

"没有异议！"伊右卫门与诸将异口同声道。

军议仍在进行。

见诸将决心站在德川一方，家康谋臣本多正信、本多忠胜出列道："那么请问诸位有关战略一事。如今咱们是东有上杉，西有石田，处于敌军前后夹击之势。咱们应当先讨伐谁？"

"这很简单，"福岛正则忿然道，"应当先攻大坂。大坂方虽是大军，但队伍还未规整完毕。留下部分人马牵制东部上杉，先攻大坂，才是正道。"诸将们听后皆随声附和，当然伊右卫门的声音也在其中。

可场上已不见了家康的身影。这位老人在军议开场时出来照了个面，打完招呼就留了句"大家好好讨论"，便藏身后台不再出来。

因为家康缺席，两位本多道："那咱俩就先去询问一下主公，请诸位稍等片刻。"

他们不一会儿就回来了。家康也笑眯眯走出来，稍稍点头致意道："感谢诸位厚爱！"所谓厚爱，指的是诸位加入德川阵营一事。

"好，咱们回到刚才的话题，"本多忠胜道，"主公有令，由福岛左卫门大夫（正则）大人、池田三左卫门（辉政）大人打前锋。"

福岛、池田得令，拜倒行礼。

本多忠胜接着说："诸位跟着两位先锋，行至尾张，进入清洲城后，等待主公出马。"

"平八郎！"家康在上座叫住本多忠胜，示意下面的话由他亲自来说。

"我在江户做好应付会津（上杉景胜）的准备后就出发。诸位有井伊直政、本多忠胜作监军。秀忠——"家康提到长子的名字，"也会西进大坂，不过因为得先做好应付景胜的准备，可能出发多少会迟一些。"

家康这样安排，大概是因为他仍然怀疑诸将的立场，所以让他们先与敌人遭遇，而后自己才出场。另外，家康还觉得跟一支不知真心与否的人马共同行军，在安全上没有保障。

诸将大多数都没有听出家康言语中的这层意思，但伊右卫门久经世故，很容易便听懂了他话里有话，于是心底里叫一声"哎呀"出了列。

伊右卫门只一门心思想要发言，出列面对家康之时，才发现旁边还站着堀尾忠氏。他愣了一下，旋即微笑示意：

（俺要先说啦！）

忠氏也微笑示意，表示明白。可他没有料到伊右卫门会说些什么。

"在下有话要讲。"

"噢，山内对马守大人，您请讲。"家康睁大了眼睛。

"在下也恳请打先锋。"伊右卫门道。

"这个——"旁边的本多正信摆手道，神情犹似苦笑。区区六万石的大名，动员能力到底有多强，他是十分清楚的。这种程度的小势力要打先锋，定是吃力不讨好的事。

"弥八郎，且慢。"家康叫了一声本多正信的通称，让伊右卫门继续说下去。"对马守大人从信长公时代起便在战场上冲锋陷阵，他经验丰富做事老到，想必是有独到的见解，你就暂且静心聆听。"家康对正信说完话后，对伊右卫门道："若是把人马尽数带去了战场，您的城池怎么办？岂不是空城一座？"

"在下的城池——"伊右卫门深吸一口气，道，"就请德川大人的旗本们代为照看。至于谁来接手,还请大人指定。"

"哦!"家康恍然大悟。自古以来从未有过出征时将自己城池交与他家的先例。"对马守大人,请详细说来听听。"

"挂川城,以及所有封地,都请德川大人代为照看。城内有储备多年的兵粮,数量不少,也任凭调用。另外——"伊右卫门又道,"城内外住着在下家臣的妻儿,在下会让其尽数迁往三河吉田的池田辉政大人的城下暂住。"

这句话让家康着实吃了一惊。伊右卫门不仅要把城郭交与他,连武士府邸、足轻长屋等都要空出来交与他。也就是说,挂川城六万石的一切领地都给他。

家康感觉到了席位上诸将氛围中的不安。大家虽因福岛正则的发言都纷纷表态"追随德川大人",可他明白很多人其实只是随声附和,其真心到底如何是无从查知的。然而这位伊右卫门,既然决定追随,就舍却一切现有的城郭、领地彻彻底底地追随。万一己方败北,伊右卫门会输得一干二净,不再有城郭、领地,重新退为不名一文的浪人。如若以赌作比,他是押上了全部身家与性命。

当然,家康很是感动,是超出利益得失的感动。

伊右卫门的发言很快就有了效果。东海道周边的诸位大名,都争先恐后把自己城池献出,交与家康。即是说,仅伊右卫门的一席话,仅在这一瞬之间,家康就将近百万石的领地与五座城郭尽收囊中。

后来只剩下家康与本多正信两人之时，家康道："这就等同于赢了合战！大概自古以来，还无人有如此之大的功名啊！"正信虽然并不认为伊右卫门的一席话有多大的效果，可家康这句评价是货真价实的——毫无疑问，那一席话改变了历史。

当日回程的马上，伊右卫门一摇一晃离开小山废城，一脸疲敝之相。

"大人怎么了？"野野村太郎右卫门九郎询问道。伊右卫门只摇摇头，说今日好似经历了两次合战一般疲惫异常。

伊右卫门回宿营地河谷的这段路途，并非市街，而是一些村道、田埂、杂木林荫道等。在横仓这里，有一座桥。伊右卫门等人来到此地时，见前方不远处的杂木林中有一小队人在休息。看对方马帜，便知是堀尾信浓守忠氏的一队人马。

伊右卫门渡桥而过，下了马，跟往常一般礼仪周到地走近年轻的忠氏身旁，道："大人您也累了吧。"

堀尾忠氏也低头还礼道："想必大人比我更累啊。"他的言语中没有任何讽刺轻慢，<u>丝毫没有责备伊右卫门盗用自己点子的意思</u>。若是他的父亲堀尾茂助吉晴这位无所顾忌的豪杰，定会怒批道——好啊，伊右卫门，偷人家点子了不是？这不跟战场上偷人家战利品一样吗？抑或会因为生怒，而到处去扒伊右卫门的皮，搞得众人皆知。

然而第二代的忠氏是贵族，是大名之子，没了创业之初父亲品性之中的野蛮卑下，取而代之的是大度与宽宏。

归途中，他俩又再次并马而行。忠氏爽朗地笑道："今日大人可与平素不一样，言谈举止大方之至啊！"大方一词，有两层含义，一是与平素的耿直正义相违，明目张胆偷了自己的点子；二是与平素的沉默寡言不同，讲话竟滔滔不绝。

"看您那么拼命的样子，"忠氏仍笑道，"我都无甚可说，只好闭口不言啦。"

伊右卫门稍稍红了脸，抿着嘴开诚布公道："俺是没有那般智慧的。今晨出发时，俺去邀您同行，就是因为想到您是有名的智者，与您同行一定能受到启发。今日的提议其实——"说到此处，伊右卫门发现行将落下的马蹄之下有只屎壳郎，是只小昆虫。他不愿就此踩下，于是下意识地牵动缰绳绕了开去。"今日的提议其实就是转述的您的话。俺这个人就这样，若是觉得好也不会多去考虑是非，喜欢拿过来就用。"

"原来如此！原来如此！"忠氏笑道，笑声中并无他意。

这件事，后世德川时代的史家由于顾及到山内一族，并未留下任何官方意见。但到了德川第六代，将军家宣的侍臣新井白石——德川时期的大学者，在其所著的《藩翰谱》里，借古人之口做了一番评价："当日堀尾、山内均大笑而归。古人云，知己所不能者，难；知他人能者，更难；用能者之言，尤难。合此三者乃大智之流也。一丰诚非凡人哉。"

白石的这番话实是褒扬兼讽刺，内藏百味，着实复杂。

注释：

【1】大掾：律令制里的地方官名之一，地方官有守、介、掾、目四等。

【2】直垂衾：垂领、宽袖的一种上衣。镰仓时代起，成为幕府公服；江户时代成为三位以上的武家礼服。

【3】清少纳言：平安时代中期的女流文学者，与紫式部齐名。代表作《枕草子》。

大战

各路军马于七月二十六日撤离小山宿营地，开往大坂。不巧时逢下雨，数日连绵不尽，道路泥泞，人马困顿，一路上看去甚为惨淡。之后总算是晴了几天，可一到大矶附近又下起了滂沱大雨，还不时有冰雹落下，搅得人仰马翻。

（出师不利啊！）

就连熟谙战事的伊右卫门也是从未经历过如此艰难的行军之路。他担心着这是否于士气有损。

（兆头不妙啊，难道这次大战己方会败？）

这种暗淡的预感仿佛笼罩着全军上下。

伊右卫门的此种担心其实也无可厚非。有本古书《平尾氏札记》，是当时武士的手记，上面记录道："这次合战，德川家大概会灭亡的流言在下层间辗转。不少人都对自己家主提议转投大坂一方。可以说，一大半的下级武士们都认为大坂会赢。"

总之，行军路途上经历了千辛万苦，诸军将士们推推攘攘过了狭窄的东海道。街道各处也都是人多马杂，能找到住处的队伍可算极为幸运了。伊右卫门的军队也是，几乎总在露天夜宿，还挨雨淋。

翻越箱根时更是走一两步就不得不停下来，因为道路泥泞，而前方遇阻根本走不动。

伊右卫门从小山出发时，曾叫来野野村太郎右卫门九郎，道："尽量去收集蓑衣。无论对方要价多高都没关系，全买来。"不过即便这样，也仍有一半的人没有蓑衣穿，于是伊右卫门让他们披上油纸。

"不要把身子弄湿了！"伊右卫门每日不厌其烦地唠叨着，"大战之前搞得自己疲惫不堪还打什么仗！"还有："别感冒了！不要凉着肚子了！"

他担心大雨、泥泞、露宿、街道混杂这些因素会导致将士们身心疲敝，进一步导致士气下降。而一旦士气下降，将士们是很容易被那些流言的悲观情绪所虏获的。身经百战的伊右卫门知道，要防止这一切，最首要的就是不要淋雨，不要弄湿了身子。

在大井川附近，他们一行人露宿在河原之上。第二日眼见着就可以回到挂川城了，伊右卫门却命令全军："城内、府邸均不可踏入。"他让将士们在城下寺庙、民屋等处借宿。

有些将士看到眼前便是自己的家却进不去，不免有不满情绪滋生。伊右卫门又道："俺现在已经没有城郭没有府邸了。要想再度拥有，就只有靴刀誓死、背水一战！"

一小时后，接收挂川城的松平康重部队到达此地。伊右卫门留下少数处理交接事宜的人后，便领着众人出发奔赴战场。

不再有城郭了！伊右卫门在此次决战中，赌上了他全部的身家性命。

行军途中，有个确切消息传入——己方的鸟居元忠所坚守的伏见城被攻占。具体情况虽然不甚清楚，但这个消息无疑动摇了军心。伏见城是秀吉倾注了天下之财力与人力打造的一座名城，可竟然在西军的攻击下犹如鸡卵一枚不堪一击。

"无须诧异。"伊右卫门对近臣道，伏见城被攻破是在意料之中的事，"守城士兵总共只有四、五百人，以六十二岁的鸟居彦右卫门（元忠）为将。而西军是数万大军，来势凶猛。若开战，伏见城必败落，那本来就是一座弃城。"

进入尾张后，伏见城败落的详情终于弄清。原来敌军竟有四万之众。七月十九日被包围后，经受了十天不分昼夜的攻击。三十日的夜里松之丸起火，是因为松之丸内的甲贺者五十人，与外敌暗通，在城内放的火。于是松之丸陷落，接着名护屋丸守将松平近正，被翻越城壁的敌人用长枪刺死。

三之丸守将松平家忠与八十五位守兵一起战死。接着西之丸也陷落了。大鼓丸守将佐野纲正亲自拿了铁炮射击，却不幸因炮尾破裂而亡。主将鸟居元忠不久后也于城内战死。火从四面燃起，但毕竟是一座巨城，据说耗费了十二个小时才燃尽。

（好可惜！）

伊右卫门想起了在伏见城下居住的那段岁月。

他领着两千五百名将士进入了尾张清洲城下。这里是东军福岛正则二十四万石的巨城，家康指定清洲城为攻击准备地，命东军各路人马均在此集合。伊右卫门安排士兵们在城下民屋里住下之后，便进入城内，将一处边城当做了临时的阵营。

主将陆陆续续到达，八月十日左右几乎全数集中在了清洲。可是德川军的主力未到，家康也不来。家康在从小山出发之际曾对主将言道："诸位最晚八月十四日必须在清洲城集合。我待这边准备完毕即刻从江户出发。"

可是，如今家康仍然留守江户，连一丁点儿要动身的意思都没有。在清洲集结的诸将，每日都派使者前往江户催促，可家康仍是按兵不动。

其间，西军总指挥石田三成带领自家六千七百兵马，突然出现在尾张旁边的美浓垂井一地。清洲诸将着实吓了一跳。

三成径直进入大垣城,把大垣城当做了前线指挥所。清洲诸将嘀咕着"都这样了内府还不来吗?"此刻的心境,与其说是愤慨,不如说是不安。兵士之间竟传开了这样一句流言:"德川大人莫非已经拿定主意逃跑了?"

伊右卫门等人已开过数次军议,可因总大将不在场,军议也难有军议的样子,结论总是只有一个:"再派人去江户催促一下吧。"

千代在这战乱之中仍然留守大坂。东军诸将的妻儿中,领地在西部的因着舟船之便大都已经逃离,沿海路回到了领国。比如加藤清正、黑田长政等的家人。可千代,即便逃离,也无处可去。

西军攻击伏见城时,留守家臣市川山城道:"危险!再不能一味呆守在大坂了,情况危急啊!"

"可是,无地儿可去呢,"千代露出了好像已经死了心般的微笑,"难道不是?难道真还有地方可去?"

"关于此事,在下已经申明过好几次了,奈良有在下知交,可以去他家暂时避一避。"

"没有用的。"千代道。世道一乱便人心难测,就算是知交,也难保他不会变心。千代才不乐意被告密抓走呢。"我可是死要面子的。"千代道,"就算为敌所困,也要困在自己的府邸。这样有面子多了。"

"有传闻说,"市川山城道,"家康大人的侧室们,如今藏在大和路的某处。"

此番传闻后来经查证确有其事。家康的英胜院、养寿院、阿茶局三位侧室均住在大坂城西之丸。家康在前往江户时,曾叫来旗本佐野肥后守纲正,留下一句话——我若是回到江户,石田三成定会趁此空隙在大坂起事。那时你要保护英胜院三人安全逃离。

三成举兵之后,佐野肥后守按家康吩咐保护三人逃离大坂,藏到大和一地的某位旧知家中避难。在市川山城看来,连家康侧室都已经逃离大坂了,千代又何必一个人死守呢?

"无所谓啊。"千代摇摇头,"人家是人家,我是我。"

市川山城没辙了,只好退下。之后他找到同留府邸的安东左兵卫,埋怨道:"夫人可真是意外的顽固啊,怎么都不肯离开大坂。"

"那是自然。"安东左兵卫道,"若夫人惊慌失措什么都顾不上便要逃离大坂,那咱们也没有伺候的价值了。正因为是那样一位夫人,咱才能伺候得这么心甘情愿。"

"那你也是反对逃走?"

"反对!"安东左兵卫点点头,人世间,面子最为要紧。

他说，如果石田的军队包围这里，又是放箭又是放火，那反倒成全了自己。大不了奋力抵抗之后，在火中自焚罢了，也算能够留名青史。

这位左兵卫腿脚不便，去不了战场，他一直等着这样的机会。

千代后来听说了左兵卫的话后，笑得前仰后合："我也跟左兵卫一样呢！虽然腿脚没有问题，可怎奈是个女人！"

这段时日，大坂东军诸侯留守家人的各种奇谈异事，会十分详尽地传入千代耳中。

远州横须贺三万石的有马丰氏之妻，是松平康直的妹妹，这年五月刚刚从武藏深谷嫁过来，年仅二十，人称深谷夫人。她是家康的侄女，因此大坂一方千方百计要捉了她去做人质。

有马家为保得深谷夫人周全，派了吉田扫部、梶原清大夫、坪地和泉、古川新八、内藤半右卫门五位上士留守大坂府邸。为了让深谷夫人安全逃离，他们想尽了办法。

一人道："咱们一帮武士也想不出什么好点子，不如跟三大夫商量商量。"三大夫其人，姓辻，是淡路岩屋一地的船商，常年出入有马家。

很快三大夫被邀来密谈，他道："此事甚是简单。我这就回淡路，赶制一艘小船。"

"什么样的小船？"

"无目船（船腹上没有窗子的船）。船底分作两层，上层加水，装满鱼。这还需鱼贩帮忙，请问进出府邸的鱼贩有没有可靠的人选？"

"有，甚大夫不错。"

于是甚大夫又被叫来参与密谈："没问题。就说是我们运鱼的渔船。"

就这样，一切按计划开始准备起来。可当家臣们把这个计划告知深谷夫人时，这位年轻的夫人却意外拒绝道："钻到渔船底层这种事，我不干。"

"只一小会儿罢了，忍忍就过去啦！"

"是从大坂出发绕过熊野滩，到远州横须贺这条路吧？"

"正是。"

"那途中定会遭遇风浪吧？会有在港口避风的时候吧？等在港口时，万一遭遇西军纠察，那又该如何？"

"可是——"

"我不干！"

后来无论怎么劝说，深谷夫人就是摇头根本听不进去。这个计划也只有宣告失败。有马家的大坂府邸从此便紧闭不开，无论大坂城一方是来军马也好，来使者也罢，大门一直紧闭不予理睬，直至今日。

千代听说此事后，写了首歌赞颂深谷夫人的觉悟，并将此歌绑在箭上，叫来市川山城道："有马家大约有三町之远，这支信箭能送到么？"市川山城回答说，那就让在下趁着夜幕，密访有马家府邸，从墙外投进去。

千代思忖：

（此行虽凶险，却也只能如此了。）

这支信箭是千代的一个小小作战计划。若是互相间能联络得上，能在万不得已之时一齐纵火自焚，那大坂一方听闻后自然不敢轻易造次。

数日后的一个早晨，六平太不意来访。最近六平太在城下开了一间小小的唐物舶来品店，换了一副商家店主的模样。

"很是像模像样的嘛！"千代甚是佩服，无论是服饰表情还是言谈举止，看起来都是个货真价实的商家老板。

"哪里。鄙人最近洗手不干了。后半生就以商家老板度日，名号伏见屋治兵卫。或许也是年纪大了的缘故吧。"

"忍者已经当腻了？"

"是的。"六平太苦涩一笑，"一提到我们忍者，世人都知道我们是以揣测舞台背后的真意为生，可如今这世道变得如此阴晴不定，半吊子的揣测全派不上用场啊。"

"是发生什么事儿了么？"

"不错。"六平太停顿不语。

本来此人领的是毛利家的薪水，主要工作是将京都、大坂的情报送往广岛。他在千代家出入，从千代这里得到的情报也该有不少已经送至广岛。去年他已经看出，北政所一派的武将们都会追随家康，并在送往的情报中分析道，如果发生内乱，家康会是赢家。

当然，广岛的毛利家并非只靠六平太的情报来决定方针。大坂的毛利府邸也是一个重要的情报源，另外还有安国寺惠琼的情报。惠琼是一位僧人大名，本来是安艺安国寺的住持。他熟谙丰臣家的家政与诸侯的动向，而且曾被毛利家请来做过外交官。因此，他的立场与因缘不得不让毛利家对他的情报更青眼有加。惠琼是西军即奉行方的人，自然会在毛利家断言"西军会赢"。

所以，认为东军会赢的六平太的情报就被忽视了。毛利辉元带领一万六千的大军从广岛出发，七月十七日到达大坂，随后进入大坂城西之丸，登上了西军盟主之位。

（无趣。）

六平太这样想也是理所当然。

可是，年轻而凡庸的辉元有位辅佐官，即旁支的吉川广家，是出云富田十一万石的领主。这位吉川广家领兵三千，刚一进入大坂便开始策划与家康内应。

听到六平太这样说，千代惊诧不已："大坂方的盟主毛利家自身，竟是德川大人内应？"这怎么可能？自古以来，还从未听说有总大将自身与敌军内应的事。

"此事还并非确凿事实。不过，就算毛利本家没有内应的意思，旁支的吉川广家要这么策动，也就等于是整个毛利家背叛西军了。"

"实在难以置信！"

"的确。就连鄙人看惯了世事表里，也难以相信这是真的。所以鄙人想，若再继续以此行业为生，难保不出差错。这才洗手不干，改行做了商贩。"

"……"千代惊叹于这世事怪相，没了言语。

无人进出府邸。门扉紧闭，消息抑塞，千代完全不知天下局势是如何在改变，不知合战在何处，不知哪方得胜哪方败北。

（心绪不宁啊！）

千代无可奈何看了看镜中的自己，宛若娇小柔弱的小动物一般，恐惧在内心深处膨胀。

"就好比那个——"千代对市川山城道，"暗夜与狂风，相辅相成的样子。感觉像是被推进了船腹之中，还被绑在了柱子上。船身不住地颠簸摇晃，却只听得见狂风和巨浪的声音。这船到底要开往何处，风是哪个方向吹来的，船会不会沉没之类，全然不知。"

"在下也有同感。"火箭名手回答，"时至今日，也算是经历了无数的危难。可像现在这样根本没有任何材料可用以判断自己的命运，着实让人不安啊。"

"山城挺会说话嘛。"千代笑道，"到底现在怎样了呢？合战开始了么？"

"不清楚。"市川山城如今是一问三不知。

始于庆长五年（1600）七月十九日的伏见城攻防战，已经打了十三天，也是消息全无。何时何地发生了何事也尚不明了。

十八日清晨，大坂街道上有数量庞大的军队经过，一位家臣爬到房顶去看，回来后说，看样子是朝北方去的。

"定是前往伏见的军队。"千代蒙了一句。因为西军若是从大坂出发，最初的敌人一定是九里之外的伏见城。

其后第十三天——七月三十日深夜，千代忽被府邸内的嘈杂声惊醒，忙遣了侍女去查看。侍女很快便跑回来，道："东北方的天空一片红！"

（伏见城终究还是被攻破了啊。）

千代连忙出门来到庭院，命人拿来云梯，接着就往上爬。侍女们吃惊不小，一面叫着"夫人危险"，一面抓住她的衣袖不让上。

"我从小就喜欢登高望远，没事儿。"千代留下几声笑，麻利地一步步上去，最后爬上房顶最高处，轻巧地站定在那儿。

果真，只见东北的天空烧成了一片血红。

（被攻陷了——）

千代思忖。曾听人说，是家康的部将鸟居元忠带了一小队人在坚守。元忠是有名的硬骨头，如此一来，定是葬身那片火海里了。

下面侍女们齐声大叫"夫人——"，说太高了不安全，早点儿下来。千代顿觉好笑，回答道："没事儿。若是不信，我再做个倒立给你们瞧瞧可好？"侍女们武士们忽地惊得大气儿也不敢出，因为千代话音未落，便双手着地来了个漂亮的倒立金钩，双脚齐齐指向天空。

伏见城陷落后十日左右，摇身一变成了唐物舶来品伏见屋治兵卫的六平太来访。

"六平太，你来得正好。伏见情况现在如何？"千代问道。

六平太面无表情回答道，东军输了。"大坂市街上的人可是兴高采烈欢喜得很哪。"

也难怪，毕竟是大坂市街的人，他们偏向当地支持奉行方，也属人之常情。原本这片土地就对德川家康这个名字不甚熟悉，据说他们狂喜地叫嚣着德川灭亡了。

"市街的人？"千代觉得有趣，"可是六平太，伏见城陷落本来就是预料中的事情，从一开始就是计算好的弃车保帅之局，于整体大势应是无关痛痒的。"

"的确于大势无关痛痒，不过市街之人不懂战事，可计算不来。不过——"六平太想说的是——夫人厉害。市街的话题一出，千代便分析得头头是道，还用上了专业术语。

"伏见城陷落，是始于何处？"千代问道。在伏见住了不少日子，对千代来说，那座城很是令人怀念。

"始于松之丸。"六平太表情苦涩。

松之丸的守将是近江甲贺当地武士中的佼佼者，很早就替家康做事，拿一万石，居城在近江野洲郡。表面上的工作是"鹰野调查"，为喜欢猎鹰的家康去近江的山野里寻找野鸟多的场所。可是，这种程度的工作哪用得上一万石？其实他真正的工作是调查近江内，以石田三成为首的各户诸侯动向。

六平太也是近江甲贺出身，这片土地上的人很擅长探秘之术。

松之丸守将深尾清十郎，自伏见守城时起就负责松之丸的安危。深尾入城时，为了增加兵力，向故乡的甲贺乡士团请求援助，新招了五十多名武士。再加上这些武士们的足轻兵手下，共计百人以上的甲贺者加入进来。而就是这些人，叛变放火烧了城。

"这就是甲贺者的不齿之处。"六平太苦笑道。他们极少有一般武士那样的男子汉精神，鲜有忠义观念。

起先是西军大将长束正家，让甲贺者射了一封密函进城："照西军吩咐在城内放火！否则诸位留在甲贺的妻儿全都得死。如按吩咐做事，重重有赏。"甲贺乡士山口宗助、堀十内等人十分惊愕，将密函传给其他人看后，暗地里决定叛变。于是就有了七月三十日深夜放火烧城的一幕。

松之丸失火时，"有人叛变"的叫声也此起彼伏，一时间城内大乱。西军就趁着这场大火，乱战而入，终至失陷。

"都是六平太您的同伙儿呢。"千代一脸怪怪的笑。想想也是，平素的甲贺者六平太，还真难以辨清他到底站是站在哪一边的。不过千代是早就知道这些，并觉得六平太此人甚是有趣，这才跟他来往的。

伏见城陷落后，伊右卫门等从下野小山赶来的东军诸将们，仍然滞守清洲。家康就是不从江户发兵。

"从来没听说过没有大将的合战。"诸将之首的福岛正则等人，整日里喝着酒说着忿忿不平的话。

清洲现今是名古屋市北方之地。再往北，在美浓的边上有一条木曾川。这条河对岸的美浓一带，几乎都是西军的阵地。西军方，有织田秀信的岐阜城、石川贞清的犬山城、杉浦重胜与毛利扫部守护的竹鼻城，另外还有联络众城的大本营——插着石田三成旗帜的大垣城。

"内府（家康）呢——"福岛正则每天都会咬住家康派来的两位军监本多忠胜、井伊直政不放，"是叫我们每天都跟个呆子似的，张大嘴看着敌军布阵吗？"

有时福岛正则会醉成烂泥，抓住本多、井伊两人，打个围棋的比方，道："内府是要把我们当'劫材'，让敌人'劫'了去是吧？"意思就是，家康要把福岛等丰臣家诸将当做诱饵，让西军叼了去。

伊右卫门从不参与此种非议，军议时也总喜欢靠在后面柱子上，状若沉思，又似沉睡，总之从不开口讲话。也并非是因为他好强，只是天性使然。

可是，诸将心里都有疑惑：

（家康大人为何不出兵？）

与其说疑惑，不如说焦虑。难道是自己被家康的几句话骗了？不过也有时候会站在家康的角度考虑：

（那位毕竟是宅心仁厚，不过稍慎重了些罢了。此番大概是有些怀疑咱们是否忠心，所以要先在江户看看情况。）

就这样到了八月十九日。一位从江户过来的无名旗本出现在阵营中："江户内大臣使者村越茂助。"

（村越茂助？）

诸将很是奇怪，因为一打听，此人至多五六百石的身家而已。作为家康的正使，至少也应该是一万石以上的大名才有资格，为何他要派遣这么一位小人物过来？

"村越茂助？没听说过。"福岛正则等露骨地不屑一顾。

又有评论称这位村越茂助虽是战场上响当当的勇者，可也是个不懂变通的小顽固，怎么看都不像是能够胜任千里使者的人。而且，据说还挺不会说话，又不识字，操一口三河碧海郡三木村的方言，说得很快，别国之人难以听清。

（奇怪的使者！）

伊右卫门也觉得无可奈何。不过比丰臣家诸将更为这位使者的来访担心不已的是家康派遣过来的军监，本多忠胜、井伊直政两位。因为两位与村越茂助都是德川家中之人，他们清楚村越茂助的为人。

军议前，他俩把村越叫到一个房间里，向他说明了丰臣家诸将的复杂心态。"我们知道你性子直率鲁莽，可要是在会上说得太过直白，难保他们不会转向。到底主公说了些什么？"

"那要在军议席上说。"此人的顽固可谓名不虚传，只要有令在身，连自己人都不会透露半句。

本多、井伊两位军监仍是不厌其烦拐弯抹角地从村越身上套消息。

"你行行好吧，主公说了些什么告诉咱们一两句又不碍事。就跟你实话说了吧，现在清洲城里的丰臣家诸将之间，流言正传得欢呢。"

"哈哈。"村越的表情不冷不热，他天生就对政治不敏感。

"你哈哈个什么劲儿？茂助，你这顽固死脑筋最好给我收敛点儿，这可是关系家业存亡的大事。现在就是关键！"脾气暴躁的本多平八郎忠胜沉声怒道。忠胜是德川家历代的旗本，官阶从五位下中务大辅，领地在上总的大多喜一地，十万石身家。与同是旗本的区区五百石身家的茂助有着天壤之别。

"那我就说了。"茂助可怜巴巴道。总而言之，家康坐守江户不出，是因为对诸将的疑虑。福岛正则等丰臣家诸将虽然都表明自己"是站在德川一方"，可万一又临时改换主意，转投了石田一方该如何是好?"主公就是这么说的。"

"哦。"两位军监点头,"然后呢?"

"然后,主公说,这不是自己出兵不出兵的问题。首先得让集结在清洲的诸将们渡河过去,与石田方打上一场仗,这样就能知晓诸将的诚意了。最要紧的是用行动来证明诚意。主公叫我就这么说。"

一听这话,本多、井伊两位军监惊得肝血凝固了一般:"这……这绝对不能说。茂助,要是把这话原原本本说了出去,那一群人定会火冒三丈,说不定还会立马调头跑去石田一方。"

"哈哈。"茂助听笑话似的笑了两声,"真会那样?在下只是受主公之命传话罢了,除了原原本本照说,别无他法。"

"等等!"两人又轮番上架几次三番劝阻茂助,才使得他愿意尽量委婉地说出家康的意思。

终于,村越茂助站在诸将面前了:"在下是德川家使者村越茂助,现在奉命前来传话。"说罢,他忽然想到:

(主公是有大智慧的人,主公的命令大概是不会有错的。本多、井伊虽说也是家中有名的武将,可论智慧,主公定在其上。所以,两位对不住了,在下还是把主公的话原原本本说出来的好。)

他这样一转念,本多、井伊便做了无用功。家康的话,原封不动传入了诸将耳中。

（啊！）

本多、井伊两人面露青灰之色。

（茂助！你好大胆，敢耍我们！）

两人手捏一把汗，只见福岛正则出列，对众人道："内府言之有理。"此话实在意外，不仅未怒，反倒一副心悦诚服的样子。只听他又道："没想到这一层，是一直原地踏步的我们不对。今夜咱们就打上一仗，让敌我双方都看清楚咱们的武勇！"

他这一句话，凝聚了在场的空气，可谓一呼百应。家康对福岛正则的性格洞悉无遗，知道那样说他便会如此反应。

清洲诸将的作战行动开始前，最后一次军议召开。

面前的这条木曾川水流湍急，不易渡过。"浅滩有两处，"清洲城主福岛正则道，"即上游的河田、下游的尾越两处。咱们自然是兵分两路为好。"

众人赞同。不过上游的河田渡口离目标岐阜城较近，福岛正则主张："我打先锋，我从河田渡河口过。"可同样被命打先锋的池田辉政不乐意了。

在两人争执中，本多、井伊两位军监插一腿进来，道："福岛大人是这里的领主，熟悉这里的自然地理，还有舟船之便。所以此处就让给池田大人吧。"于是，福岛这才服气。不久后，各军部署完毕。

尾越渡河军：福岛正则、细川忠兴、加藤嘉明、黑田长政、藤堂高虎、京极高知、田中吉政、生驹一正、寺泽广高、蜂须贺丰雄、井伊直政、本多忠胜，总数一万六千人。

河田渡河军：池田辉政、浅野幸长、堀尾忠氏、有马丰氏、一柳直盛、户川达安、山内一丰，总数一万八千人。

伊右卫门参与的是河田渡河军，即走近路的一支。诸将于八月二十二日凌晨出发，在黑暗中行军，不多时便来到河畔。因渡河必须要火把照明，顿时点燃了数千支火把。对岸的敌阵远远望见后，便乒乒乓乓朝这边开火。

（怎么这么慢？）

身处军队中央的伊右卫门思忖。好像走远道的尾越渡河军还没有到达渡口，狼烟信号还没有升起。

"尾越渡河军燃起狼烟后，一齐渡河。"这是军议上所定下的步骤，就算先到，也不能即刻自己渡河过去。

可是先锋大将池田辉政是个性急之人，他可等不来。"对岸敌军已经开炮，必须马上渡河！"他命令自己军队一齐跳入水中。其他队也跟着渡河过去。

伊右卫门骑马跃入水中，一个劲儿告诫手下们："头盔稍稍埋一埋就好，埋得太低头顶会被打穿的！骑马的走上游，徒步的走下游。"

对岸的枪声越打越激烈，伊右卫门的前后左右都有嗖嗖的枪弹穿行而过，每每落下便激起一阵水雾。很快便出现了死者、伤者，而且离对岸越近便越是损失惨重。伊右卫门前方，有他的队旗在飘。这还是他第一次在战斗中使用这枚队旗，上面一个"无"字又大又黑。

"不要怕，越怕越容易挨打。"他最为担心的是部下的损伤。

木曾川还未渡完，夜色已发白。伊右卫门把火把丢在河里，一口气上了岸。对岸的这片原野上，早已有先锋池田辉政的军队与敌军在激烈作战。伊右卫门的武将野野村太郎右卫门九郎见状，策马过来，道："大人，在下发现敌军左方力量薄弱，咱们从左方攻入吧。"

"不错！"伊右卫门骑马迂回奔走，打出各种指示，指挥火枪队整好队形开火射击，随后让弓箭队发箭，最后对骑马队、徒步队的众人大吼一声："冲啊！"

当然除了伊右卫门的队伍外，还有堀尾忠氏、有马丰氏等队也在奋勇迎敌。敌军很快便垮了。"追！"伊右卫门命道。

敌方是岐阜城主织田秀信的野战部队，人数相对少得多。被冲得七零八落后，余下的纷纷逃回城内躲了起来。池田辉政等率领追击军，进逼到岐阜城下的荒田桥。他们在此集结，尽管天色尚早，还是决定在新加纳、芋岛、平岛等地早早安营扎寨。

伊右卫门一队人马在芋岛宿营。为了参与军议，他去了新加纳的池田辉政处。

经尾越渡河口的福岛正则等人的军队，取道岐阜城的商町口，与诸军会合时，已经是次日早上六点过。正则对池田辉政不守信约十分震怒，道："本来双方约好，等我燃起狼烟后再一起渡河。可不料三左卫门（池田辉政）这小子却自己先干上了。敌人哪是石田啊？是三左卫门！"

福岛正则使诸队的枪口对准了池田辉政，家康派遣过来的本多、井伊两位军监又再次惊得一身冷汗，不得不参与调停。

"左卫门大夫（正则）的话很在理。"对池田辉政说这句话的是伊右卫门。比在战场上冲杀，他倒更适合于在这种军议上担当调停。"因此，这次岐阜城攻击战，正门就让给福岛正则，我们就攻后门吧。赶快派人去福岛的阵营通报这番决定。"

"不行！"年轻的池田辉政拒绝道。

不过伊右卫门也确实善于此道："您不是内府的女婿吗？

这种场合，正门之功应当让给福岛，才能彰显您外戚的大度啊！"

"不！"

见池田仍是摇头，伊右卫门提高音调，道："倘若这么点儿小事就把那位福岛逼到石田一方，可是得不偿失的大事。我军将溃败无疑。您还要这么固执，非攻正门不可？难道您愿我军败北？"

伊右卫门越说越激动，辉政终于不再开口，心悦诚服道："对州大人，就按您的意思办。"他遣人去了福岛阵营。

福岛正则听闻岐阜城正门留给自己去攻，着实高兴了一番，道："那我就无话可说了。"他停止了鸣枪，开始着手准备攻城。伊右卫门的队伍绕到后门，打算从净土寺口攻入。

岐阜城坐落在金华山上，内侧还有一座瑞龙寺山，多山谷、断崖，还有一条长良川绕山而过。这是被誉为造城名匠的斋藤道三所改造过的坚城，能经受住铁炮战，后来又经信长之手，终成天下名城之一。

不过，守城官兵似乎战意不浓。

主将织田中纳言秀信，是织田信长的嫡孙，在丰臣家也受到过特别的礼遇。可是他年方二十二岁，对战事生疏得很。而且，历代家臣木造具政、百百纲家这两位一直向家主秀信主张追随关东一方。然而，秀信看到石田一方开出的条件不错——如若跟随石田，就奉上美浓、尾张二国——于是决定加盟西军。

如今东军三万人马兵临城下，可自己却只有守城将士六千人，更何况连作战准备都未曾做好。

进入城下的东军诸将，兵分数路，各个击破。细川忠兴更是一马当先冲至正门，破城毫不费劲。浅野幸长也攻占了瑞龙寺堡垒。堀尾队、井伊队也各自取胜。

在这些已方兵力的猛攻下，伊右卫门负责的净土寺口的城门守兵们早已闻风逃走。他们也是毫不费力便突破城门，与各队会合后开始沿山路而上，朝着本丸出发。

这座本丸在从正门攻入的福岛正则队的攻击下很快陷落。伊右卫门到达时，只见天守阁已经黑烟袅袅，完全无需插手。城将秀信在城壁举笠投降。

各路军趁势前往附近的犬山城。

此城主将是美浓十二万石的石川贞清。不过美浓小领主稻叶贞通、加藤贞泰等人都无甚战意，加藤贞泰甚至已经派遣使者去江户向家康投诚去了。因此，东军一旦包围此城，加藤贞泰等人便撇下主将石川贞清，想与东军沟通商议。可是，"这个中间人由谁来做为好？"东军诸将的性格被分析了个遍，最后一致认定，山内对马守既耿直仗义，又通人情世故，是不二人选。于是，使者从城中派出，被送往伊右卫门的阵营。

"什么？让俺当中间人？"伊右卫门听了城内使者之言，着实吃惊不小。不过心底里也挺高兴，既然这么看得起俺，那俺就试试吧。他让使者在阵营中稍等，留下一句："定不负所托。"

伊右卫门策马奔往福岛正则的阵营，把城内几位大将想投诚的事如实说了。喜战的正则也只好苦笑："敌方可真是找了个好人来游说啊。有对州大人这一番话，咱还能死皮赖脸强攻吗？"随后，他又征得井伊、本多两位军监的同意，回到自己阵营。

"贵方的愿望，达成了。"他对使者谦谦有礼，而后又派自己家臣与对方同去城内。于是，犬山城不攻自破。

"哎呀，这都是对州大人的功劳啊！"福岛正则大笑道。可这笑声在伊右卫门听来宛若讽刺。自己本来没什么大本事，可这种事居然帮得上忙，他自己看来都觉得甚是奇妙。

军监井伊直政对伊右卫门说，您就先在犬山城待着，整顿一下降兵。

"那怎么行？"伊右卫门惊慌失措地摆摆手。其他各路军队都在争先恐后夺取战功，凭什么就自己一队人马被令驻守犬山城整顿降兵？"让俺留守，不就等于跟俺说俺武功不行一样了吗？"

"哪里哪里。"井伊道，"对州大人的人马毕竟有限，而小队自然应有小队的任务。"

"瞎扯！"伊右卫门少见地勃然变色。这次合战若是不能取得战功，自己一生的武运也就到头了。

"俺不愿意。"他又道。自己已是一城之主，可新婚之夜，千代说——当一国一城之主吧。伊右卫门知道自己这一生所剩的春秋已不多，他很想抓住最后这世道变迁的机会当上一国之主。

（俺当了太守，千代就是太守夫人。）

这无疑是个孩子气的梦想，可细细想来，难道不是贯穿了这个男子一生的原动力吗？

"俺确实身家不大，兵马也不多。可俺家的兵马比其他家的厉害得多，俺家的一兵一马，当其他家的十兵十马！"

"这个——"井伊直政一脸善意的微笑。伊右卫门能说出如此的豪言壮语，大概实在出乎他的意料。"对州大人说的倒也无可厚非。"井伊说罢笑了几声便离开。

（看来该争的还得争啊，成了。）

伊右卫门正暗自庆幸，只见井伊直政又回来了，还带来了另一位军监本多忠胜。这次由老练的忠胜来做他的思想工作。

"对州大人，您若是那样说的话，那鄙人等又该去何处申诉啊？鄙人等虽不才，也算是德川家有名有姓的人物，可这次却被派来当什么军监。军监不能打头阵，也不能抢头功，鄙人也是满腹委屈啊。您能跟鄙人等一道，稍稍忍耐忍耐吗？"

"……"伊右卫门沉默不语。

"拜托了！"本多忠胜双手合十，还加了几句——希望伊右卫门在犬山空城里留守一段时间，主公西进之时便会派旗本来城内替他。拜托了！忠胜再次言道。

都说到这个份儿上了，伊右卫门也实在不好意思再任性地固执己见。他就是这么个性子。大概本多、井伊也是知晓了伊右卫门的这个性子，才盯上他的吧。

"没办法。"伊右卫门无力地低下头来。

（运气远走高飞了。）

他思忖着，身家大者有大部队，自然功劳就大；身家小者，看来只能甘居人下，得点儿小功罢了。想到伤心处，竟不由得有了想哭的心情。

"那就拜托了！"井伊、本多两位趁着伊右卫门还未改变主意，急急忙忙消失了身影。

伊右卫门当上了犬山城的守备队长。他在城中无所事事的这段时间里，同僚诸将们一个个都立下了赫赫战功。

有一个叫做合渡的村子，坐落在墨俣川的河畔。如果要前往石田三成的前线指挥所——大垣城，此村是必经之路。所以，自然又是一次渡河战。

东军方面有黑田长政、田中吉政、藤堂高虎三支部队。此前的岐阜城战，因为胜得实在太容易，他们连战场都未到就赢了。所以这次他们便商量着，在合渡村附近一齐渡过墨俣川——直接攻占大垣城。

西军在此河岸边仅派出了一千人，而且更不幸的是，原定的宇喜多秀家一万大军至今仍未到达。这个非常时期到处都人手不足，就算那一万大军到了，恐怕也只能抽调一千人来这合渡村附近。

因此，这次的功劳由黑田、田中、藤堂三人包揽。他们趁着浓雾展开射击战、白兵战，一举战胜西军。藤堂高虎急行至赤坂的宿营地，在此布阵完毕后马上派了使者急速前往江户，告知家康合渡之战的胜利。

后来听说，家康听闻攻破岐阜城的捷报，紧接着又传来此战的胜利消息，竟赏了使者一枚黄金。或许是因为太过高兴的缘故吧。

（窝囊！）

这位咬牙切齿却无可奈何的可怜人，正是守在后方犬山城的伊右卫门。

"彦作，"他叫来武将乾彦作，道，"敌人只区区一千人。藤堂有两千五百，黑田有五千四百，田中有三千。以多胜少是理所当然，可他们却派急使去江户邀功，这不跟偷功名一个德行吗？"

一众家臣见到伊右卫门这般激动与忿然很是惊讶，以至于面面相觑。伊右卫门过去可从不说人坏话。

（想是太着急了吧。）

任谁都会这么认为。山内队自开战以来，还未碰上过像样儿的敌人。

乾彦作与福冈市右卫门、深尾汤右卫门等人一道，来到伊右卫门的房间，道："大人，既然事已至此，再焦虑也没有用啊。都说运气不眷顾焦虑之人，咱就好好等着，运气自然会回来。"

"道理俺懂。"伊右卫门道，"可是俺也只不过是一介凡夫。知道这个理儿，却免不了着急。俺不是贤人，亦非名将，只因为仗义耿直，有幸一直活到现在。而这个耿直的人一生之运都维系在这一战上了，你们说能不急吗？"

"可是大人——"

"不用多说，想想就明白。如今在这个战场上的东军诸将，无论是福岛还是田中，是黑田还是池田，都比俺年轻。俺的年纪最大，可身家却最轻。俺这半生运气不佳，不过也不算背运，虽不算背运，却也难说是有佳运眷顾，俺碰上的运气都不是第一等的，好像总是次等的。所以，小山军议后的这一战，俺才无论怎样都想抓牢这天运，攀上七彩之云。可如今……俺能不急吗？"

当伊右卫门听到东军诸将已经停止追击这个消息时，小题大做地思忖道：

（太好了！看样子老天还没有把俺抛弃。）

在战场上期待佳运这种心态，可以说是异常心理的一种。眼见他人接二连三立功，就像是看着自己的运气被刨木刀一层层刨了去似的，是由内至外又由外到内的一种焦虑。

"去打听打听到底怎么回事。"伊右卫门派遣使者江田文四郎去前线诸将那里打探消息。

文四郎回来报告：诸将在最前线的中山道赤坂宿营地停止攻击了。

"为何？"

"是藤堂大人提的议，说迄今为止一路高歌猛进，接下来该等德川大人到来后再做定夺了。"

（当俺不存在？）

伊右卫门只能这么想。这么大一个决定，竟未曾跟伊右卫门商量片言只句。"文四郎，俺还没参与过商议呢。"

"大人，"文四郎说话毫无顾忌，"您太老实啦。虽说意气不减当年，但在这修罗场里头，肯定是人善被人欺的，如今弄得咱都跟着吃亏。"听了这么直白的抱怨，家主伊右卫门反倒无言以对了。本来江田文四郎这人就这么个直肠子。

他是在长浜时代应召入队的武士之一，生性勇猛，在战场上是横冲直撞绝无惧意，而平素说话也决不拐弯抹角。小田原之战中，文四郎攻占山中城时取下两个首级，可自己右腕也因此被砍得见了骨。伊右卫门见状，叫他退下疗伤，可他就是不听，回答说——武士这一生，能碰上的好仗就那么一两次，若这般攻占小田原的大仗都只能躲在后方参与不了，这一生定要肠子都悔青了。人无论做何事，都不能留下遗憾，这才能活得尽兴。

他手腕的伤数日后开始流脓，甚至长了蛆。伊右卫门严令其退到后方的挂川宿营地。可此人走到三岛的宿营地后又折转了回来，再次加入阵营中。之后问过才知，原来他在三岛买来一篓盐，全撒在伤口上面了。

（世上还真有这种人啊！）

伊右卫门竟对自己的家臣无可奈何。这位文四郎后来成了一千石之身，世道太平下来后却不甘寂寞与朋辈大打出手,结果把人给杀了,他自己也切腹自尽。

"大人,现在我就随您去赤坂质问个明白。福岛大人等就是因为口无遮拦,连内府都惧他三分,所以他那张脸才这么吃得开。若像大人您这样,恐怕只能跟在人后吃灰了。"

"俺比他年长。"伊右卫门道,"人得依照自己心性选择最妥善的方式。福岛大人那样便算他的优势。可俺却不愿意做与心性不符的浮躁事儿。"

"可是大人,这次大战可是您一生之中绝无仅有的机会了,就浮躁一回蹦跶一回又何妨?"

"不,无须多言。"伊右卫门摇头。

家康仍在江户。他在江户下达了各种各样的战略、外交命令,在确定必胜无疑之前,未离开江户一步。

首先是西军总大将毛利辉元,其领地大小、兵马多寡都仅次于德川家。他命黑田长政去毛利家做特别的游说工作。于是长政偷偷地与毛利家分支吉川广家取得联系,最终使得毛利家表面尊奉石田一方,实际却听命于德川一方。

其次是九州方面,对即将与西军的小西、岛津等作战的加藤清正,家康给出了优厚的犒赏:"胜,则赐予肥后、筑后两地。"东北的会津上杉方面,家康命仙台的伊达政宗、越后的堀直寄等进行牵制。

当八月二十七日，攻破岐阜城的捷报传来时，家康终于决定动身西进——时机成熟了。九月一日，家康率三万二千七百人马，从江户出发。

他途中听闻犬山城不战而胜，道："哦？让山内对马守去守城了？真是耿直的人吃亏啊！"他在自己家臣里最终选了下总岩富一地一万石身家的北条氏胜，急速前往犬山城与伊右卫门交接。

家康于九月十三日傍晚到达岐阜城，十四日晨出岐阜城，过了长良川。长良川上并无桥梁，因此借来四五十艘渔船排成船桥，让三万多兵马顺利渡过。

"内府来了！"这个消息让前行诸将安下心来。说实话，伊右卫门也是松了一大口气。他们已经盼了二十天。途中也有数次彷徨：

（万一……）

万一家康见西军攻势强劲，失了战意，决定不来参战了该如何是好？

十四日凌晨家康出发后取道中山旧道，早上八点在神户稍作休憩，顺便去了池尻村，诸将们在此恭候大驾。出来迎接的有福岛正则、细川忠兴、加藤嘉明、黑田长政、藤堂高虎、京极高知、田中吉政、生驹一正、寺泽广高、蜂须贺丰雄、池田辉政、浅野幸长、堀尾忠氏、有马丰氏、一柳直盛、户川达安、山内一丰等。

家康兴致极好地慰问了诸位一番，又问对伊右卫门道："犬山的香鱼味道如何啊？"询问语气里有少见的轻快。

家康继续行军，这日正午到达前线指挥所赤坂的宿营地。宿营地在宽广的原野上，南面有一座山丘。家康到达前，诸将曾在会上决定以此山丘作为东军本营。他们找来当地人一问，得知此丘叫"冈山"，因此又称作冈山本营。他们山上建起了临时建筑，山丘前新挖了战壕，围了栅栏，便成了一座临时的城郭。

家康兴致颇佳地登上山丘，进入临时城郭中，并在顶上面朝敌军本营大垣城的方向，插上了金扇马帜、七面葵纹旗，以及二十面白旗。

此地离大垣城仅五十多町远，诸将的阵营都已经在周围安顿妥当。伊右卫门也在桑田中借了一处临时小屋。

大垣城本营里的石田三成，看到五十町之外的赤坂冈山上突然插上了家康的金扇马帜，还有无数葵纹旗、白旗等迎风招展，于是心生疑虑："家康来了？"

诸将都回答不太可能，连三成的谋臣——战术名家岛左近也说："不会。家康如今应在奥州会津一地，与上杉作战。在此时突然折道来此，不可能。"可毕竟疑虑重重，于是便派遣三位老练的侦察兵去查看究竟。

"千真万确是德川内府到了。"其中一人道,"在下认识枪组头渡边半藏的背旗,旗在则人在,这位渡边半藏看样子是到了。而他是内府的亲卫枪组头,因此可以断定,内府也到了。"

此传闻传遍西军诸阵营,引来一片唏嘘动摇。当时,资历最老且拥有日本最大兵力的武将德川家康,就是一种如此让人敬畏的存在。只有石田三成的阵营一片静寂如常。

见己方军心动摇,岛左近道:"要打消此种动摇,只能先打一场胜仗,别无他法。"于是在三成的允诺下,抽调五百强兵出发。

东军赤坂阵营前方,有一条叫株濑川的小河。其上游西面,有东军的中村一荣、有马丰氏,后面还有伊右卫门的军队宿营在此。岛左近在各处埋下伏兵,自己带领主力一举渡过株濑川,开始割起对岸的稻子来。

这是明显的挑衅。东军的有马、中村两队冲上来便打。岛左近却边战边退,引诱东军进入埋伏圈,并在此大反击消灭了东军。

因伊右卫门宿营地远得多,双方开战了之后才发现。

(应战与否?)

伊右卫门思忖片刻,听见枪声次数并不多,很是意外,于是命令众人："不许擅自行动！"此时天色将晚，他知道，部队被卷入无用之战，而留守营地却遭袭的情况是常有之事。

家老野野村、福冈、乾等都几次三番劝其出兵。自开战以来，伊右卫门队还从未碰上过一次像样儿的战场，心态焦急也在所难免。可伊右卫门丝毫不为所动，语气坚决道："安静！很快枪声就会停下来了。俺比你们上过的战场多得多，俺清楚怎么回事儿。"

果不其然，伊右卫门的预言应验了。第二天早晨，家老们得知有马、中村战败的消息，惊道："幸好没去！如果贸然前往，肯定也会败得灰头土脸的。"他们不得不敬佩伊右卫门的直觉判断，姜还是老的辣。不过，令人啼笑皆非的是，伊右卫门的经验总是在消极情况下发挥威力。

这天，伊右卫门为参与军议，来到冈山本营。

冈山的军议席上，家康让诸将自由发表意见。首先是有关五十町之外的西军本营大垣城，到底去不去攻。

"诸位认为如何？"侍奉在家康座侧的井伊直政成了会议主事。

"在下认为，"池田辉政出列，"如今内府亲征，士气大盛，正好一鼓作气端了大垣城。"言毕，赞同之声一片。

伊右卫门坐在后排,看着年轻的武将们磨刀霍霍的模样,不禁思忖:

(内府是从来就不喜攻城的啊!)

老将伊右卫门很清楚这一点。家康跟秀吉不同,不擅攻城,擅野外决战。所以,对池田辉政等人的攻城论,他仿佛自言自语似的回了一句:"嗯,大垣城有宇喜多秀家守城,还有石田三成、小西行长等率重兵把守。跟此前的岐阜城、犬山城大不一样啊。"

若是攻城,定会大费周折,如果把城包围起来,一两个月很快就过去了。这之间,自己人恐怕也会有思变的时候。伊右卫门觉得这些大概就是家康担忧之事。

(就设身处地想想吧。)

伊右卫门思忖。如果家康率领主力,包围了日本列岛中央的一个美浓小城——大垣城,却久攻不下。敌军有大坂城的毛利,还有会津的上杉。看似自己包围了敌军,可实际上是处在被敌军大包围的变数之中。

"在下有话说——"伊右卫门好几次都想发言来着。可每次都生生把冲动咽了下去。"那到底该怎么办?"伊右卫门胸中并无对策。

(池田辉政等人的青涩,俺无颜嘲笑。)

伊右卫门不由得可怜起自己来。

（经验虽多，却怎奈是否定性意见居多，建设性意见一个都提不出来。这与池田辉政的青涩难道不是五十步笑百步？）

这样思忖间，只见性子单纯如烈焰的福岛正则一下子站起身，说了句"承让"，便绕过诸将的膝盖出了列。

（他好像有话要说啊。）

伊右卫门十分羡慕福岛正则的性格。他无论在何事上发言都会咳两声引人注目，若是自己看不顺眼，哪怕大吼大叫也要让对方屈服。也正因为他的这种性格，所有人才惧他三分，连军议席上的家康也面露特别的微笑，问道："噢，左卫门大夫，您可有什么妙策？"

福岛正则的提议十分单纯，只听他道："在下建议攻大坂。"在大坂与西军主力毛利军决战，只要打败毛利，其他的都是旁枝末节——这便是正则的看法。不过听来却似谬论，因为大坂城是日本最大最坚固的城郭。现在连大垣城都还未攻下，谈什么大坂城？

伊右卫门以为家康定然会反对，却不料家康采用了这个建议，赞道："不错，此提议甚好。"

（什么？即刻挥师大坂城？）

伊右卫门惊愕不已。福岛正则很高兴自己的意见被采纳，又道："没有比这更好的办法了。咱们得急速赶往大坂，解救被困在大坂城下的诸位将士的妻儿家小，以安定人心。"正则举出此作战方针的益处，伊右卫门也觉得甚是有道理。

（是救千代之策啊！）

这样一想，免不了又是一番对千代的牵肠挂肚，他竟巴不得早一刻离开美浓赤坂，踏上前往大坂之路。

诸将的心绪好像都一样，军议席上一时间人头攒动，大家都异口同声赞道："妙策啊！"这也难怪，各位将士虽然不得不在野外征战，可心底里最记挂的，还是留守大坂却被当做人质的妻儿。

家康自然十分清楚此事的利害，认为进军大坂无疑可以提升士气，于是赞赏道："左卫门大夫，说得不错。"少顷，他又道："在途中有一座江州佐和山城（现今的彦根市），那是石田三成的居城，咱们就顺道踏平了它，再直上大坂。"

（哦！）

伊右卫门觉得甚是意外。家康这一生中几乎从未主动去攻过城，可如今不光大坂城，连佐和山城也要一并攻下来，这个作战计划不可谓不特殊。

（奇怪啊！）

伊右卫门的脑子毕竟只是挂川六万石的水平，自然不能窥视家康内心所想。很久以后，伊右卫门才意识到，原来家康的目的并不在攻城上面。

其实，家康完全没有攻打大坂城、佐和山城的打算。只因为这样大张旗鼓一表态，定会被西军间谍听了去，很快大垣城的石田三成就会知道了。而三成一定会狼狈不堪的，因为若是连大坂城都丢了，还守着大垣城作甚？于是，他定会连忙率军离开大垣城，进入佐和山城，谋划着在江州一地阻击东军，让其无法西进大坂。

无论怎样，三成都只能跟个脱了壳的蝾螺一般，撇下大垣城这个硬壳，跑到无遮无蔽的野外来——再歼灭之，这便是家康的策略。战场大概会在美浓的关原一带，因为关原不仅是中山道、北国街道、伊势街道的中枢，而且是个辽阔的盆地，足以让大军一决高下。

"明日出发！"家康道。很快井伊直政、本多忠胜两位军监就定下了行军顺序。

这一夜大垣城内的石田三成也做了一样的部署。据情报称，三成已经知道东军要转向西进大坂。那他只有出城阻击这一条路了。

石田三成对西军诸将道："前面那片平原阔土，叫做关原。我军一定要抢先到达此地，并布阵妥当，等待敌军经过时便一举击破！"诸将都认为是妙策。于是，大垣城只留了福原长尧等七千五百守城兵把守，其余将士均在这夜出发。

家康也考虑过当夜出发，可有两处情况不明，首先是敌军人数。他命诸队各自去大垣城方面获取敌军情报。伊右卫门队也去了几人，回来报告说，大约十万。

"十万吗？"这个数字太过庞大，伊右卫门吃惊不小，但还是让他们去家康本营作了报告。

家康本营已经收集了很多打探来的情报，几乎都称是十万。可仅有一人说"是两万"。此人是黑田长政的家臣，名叫毛屋武久，是个老练的武士。因为数字出入委实太大，家康亲自叫来问话，毛屋武久回答："敌军总人数确实很多，但之中大半都在南宫山等山上，还有部分骑墙之士。这样一算下来，真正能作战的只有两万。"

家康怕敌军人数悬殊会引起军心动摇，于是赞赏毛屋道："正是如此！"并传令让全军知晓。这样，敌军人数首先确定了下来。

其次，家康担心夜袭。从先前的株濑川的埋伏战来看，西军动作轻快灵便，说不定今夜就已经定好了夜袭的计划。若镇守原地时遭遇夜袭，损失应是最小的。如果在夜间行军中遭遇夜袭，定会搅得混乱不堪，损失难以估量。

因此，家康决定第二日晨，太阳升起后再出发。

部署也定下来了，伊右卫门在座排上听井伊直政公布军令，心中如少年般怦怦乱跳。

（这次一定是打先锋，绝对没错。）

伊右卫门在下野小山的军议上已经提出过打先锋的愿望，家康也确实点过头。不过井伊直政所念军令中，最先提到的是后方警戒军。

"这个冈山——"直政传令，命堀尾忠氏、中村一荣两位守冈山。因伊右卫门与堀尾忠氏交好，不由得同情起他来：

（可怜的忠氏。）

接着，命一柳直盛镇守冈山附近刚建好的长松堡；命浅野幸长、池田辉政在中山道垂井的宿营地附近建好阵地；还有，大垣与关原中间有藏身南宫山的敌军，由有马丰氏、山内一丰把守。

（这……）

伊右卫门茫然无措，担任后方警备的诸侯，都是东海地区的大名。

（也难怪……）

伊右卫门思忖。除了很早就接近家康的浅野、池田两位，其余的东海地区大名都是在开战前保持着中立的态度，小山军议时才表态拥立家康的。对家康来说，这么重要的功名猎场，绝难交与新人。

当日夜，有一段插话。

家康认为大垣城敌军本营一定会派夜袭部队前来捣乱，于是命令诸将在各个阵营中都点燃了篝火，调动了多支巡查队，还派侦察兵去远方侦察，而后才睡下。

可是到了半夜，从西尾光教镇守的曾根堡传来一个意外的情报："大垣城内已经没有敌兵了。"而且，福岛正则也派来一位紧急信使，叫祖父江法斋，报告称："敌军已经离开大垣，从野口村经牧田街道西进。正则即刻动身追击，如若追上，则会立即开战。"

家康一听，一蹬被子起身叫道："此话当真？"他马上叫来井伊直政，道："我要立即出发！"可不巧，美浓的天空又开始下起雨来。

伊右卫门在阵营中本已睡下，可远处福岛队的人马嘈杂之声传来，让他很是吃惊，问道："怎么回事？"

这时家康本营来了使者，道："福岛左卫门大夫一队刚刚出发。请谨遵傍晚时的部署规定，即刻出发，各就各位。"

（噢，合战终究是要开始了呀！）

伊右卫门颤抖得牙龈生疼。这是他年轻时就有的毛病，一旦有事发生，就会冒出一股莫名的恐惧来。

他很快召集武将们前来，简短命令道："出发！"

"虽说需要'即刻'出发，可咱们又不是先锋，还有的是时间嘛。"乾彦作不客气地回话道。

行军部署中，福岛正则是先锋；藤堂高虎、京极高知、黑田长政、细川忠兴、加藤嘉明、田中吉政、筒井定次、松平忠吉、井伊直政等是所谓的前线战斗部队；随后便是家康率领的德川军三万两千人马。伊右卫门与有马丰氏是在德川军之后，作为后卫，防守关原东端的南宫山。伊右卫门后面还有浅野幸长、池田辉政。

道上两列并排，行走艰难，路窄、夜黑，还下着雨。可一列又速度奇慢，更何况各队都带着辎重。就行军速度来看，伊右卫门队要出发也是在深夜之后了。

"不错。"伊右卫门道，他已经从适才莫名的恐惧中回过神来，"现在就烧火做饭，让大家吃饱了。合战大概会发生在明日清晨，到时候是没法儿吃饭的。"

"明白！可是——"乾彦作道，"咱们得令防守南宫山，但据闻南宫山的敌军已经成了内应，会跑下山来应战吗？"

"不知道。"合战中有很多未知数，能预测得到的毕竟只是很少一部分。明日大概会发生很多无法预测之事吧。

战事结束后才知，这夜大垣城的石田三成决定在关原伏击东军，下令全军于傍晚七点"即刻出发"。马衔枚，禁灯火，绑铠衣。没有平素行军时的马鸣声、盔甲碰撞声，全军肃然前行。

先锋是石田队,紧接其后的是岛津队、小西队、宇喜多队。另外还有过半数的西军——小早川队、毛利队、吉川队、长束队、安国寺队、长曾我部队——早在数日前便已在关原周边的丘陵地带布阵完毕。两支大军即将会合。

石田三成的第一队从大垣城出发时,雨开始猛下,而且越下越大。也因着这场大雨,才没被五十多町之外的东军冈山阵营发觉。等到城内空空荡荡——严密地说,还有七千守城兵——西军已经尽数离开大垣城后,家康才得到消息。

总之,伊右卫门队行军开始,已是后半夜的事了。

"各自传令下去:有蓑衣的穿好蓑衣;导火索要用油纸包好千万别弄湿了;禁止无用的私聊;大声吼叫者斩立决。即便遭遇敌袭,也不要骚动。"伊右卫门首先让先头部队出发,自己在军队中央骑马冒雨前行。

伊右卫门队有两千多人,时而变作一列,时而并拢成为两列。暗夜静谧中,走过了数町的距离。到关原东端的守备阵地,一共大约四里地。

(好冷!)

伊右卫门在马上不自禁颤抖起来。虽然穿着蓑衣,可雨点敲击着毫无防备的头盔,而且顺着护额直接滴入脖子,弄得身子里都是湿漉漉的。

(会感冒的。)

伊右卫门就怕感冒,他都不记得听过多少回同样的悲惨故事了。就因为在战场上感冒发烧,全身倦怠使不出劲儿,轻易就被对方取走了性命。要想不感冒,就不能打盹儿,要时刻保持充沛的体力。而且,战前的紧张情绪也极耗体力,一旦真上了战场反倒会体力不支。

(打仗是一件很残酷的事。)

被雨淋得透湿的伊右卫门在马鞍上晃悠着前行。

(这该是第几次了?)

他思忖,这半生自己踏过无数的战场,可每次都残酷得想哭,好几次都想撒手不干,不当武士了。伊右卫门耷拉着脑袋继续前行。

(这回,想是今生最后的一战了。)

怎么都不能败!除却秀吉败给家康的小牧、长久手之战,他参与的战事从未败过一次,可谓极其幸运的半生了。

前方有马匹摔倒。数万人马经过的小道,自然是泥泞不堪的,很容易便摔个四脚朝天。

雨、雨、雨!伊右卫门的两千人马不得不冒雨前行。

(长筱合战时好像也是这样的雨天。)

伊右卫门想起年轻时的那场战事,是织田信长与甲州武田胜赖的合战。无论是停或走，雨几乎一直没有停过。

（那时，同盟军德川大人在前线作战，织田大人发兵前去救援。那时的德川大人，如今已是决定天下之势的头领。）

终于，在左手前方的暗夜中，南宫山逐渐露出了它巍峨的影子。

"多点些火把。"伊右卫门命道。

南宫山是敌人巢穴之一。山顶驻守着吉川广家三千人马、毛利秀元一万六千人马。在东麓的栗原村附近还有安国寺惠琼一千八百人马、长束正家一千五百人马、长曾我部盛亲六千六百人马布好了阵势。

"敌军没有要动的意思啊。"伊右卫门松了口气似的对野野村太郎右卫门九郎道。的确，他不得不担心。他的军队在山脚行军，队形又长又单薄，若是山上埋伏的敌军一齐冲下，来个侧面袭击，己方顷刻间便会分崩离析。

"篝火也好，火把也罢，全没有要动的样子啊。"

（或许正如传闻所述，山上的吉川、毛利已经答应做东军内应了。）

伊右卫门的军队出了垂井，继续西折往前，夜色发白之时终于来到所定的阵地。照理说，身居此处，南宫山的南侧应当耸立在面前才对，可此刻他们面前却是白浊一片，什么都看不清。下了一夜的雨终于稀稀疏疏起来，可不料白雾却伴着晨色越来越浓。

"雾好大!"伊右卫门嘀咕着,伸出手来好歹可以看清五指的程度。莫说打仗了,连移动都成问题。

松林中阵势准备终于完成。印有三叶柏圆形家纹的帷幔挂好,"无"字旗竖好,旁边一个布凳摆好。伊右卫门走近帷幔,在布凳上落座。

西面十町之外就有家康的本营,再往西便是宽广的盆地——关原。

"还没有开战吗?"野野村问道。

"你看这雾,"伊右卫门仰望天空,"得等雾散啊。"在这等关原盆地的浓雾之中,敌我都难以区别,遑论战事。

"可是,就算关原开战,咱这边也只能听着枪声干着急吧?"

"是啊。"伊右卫门脸色难看,此番武运不佳,被丢到这么个偏远之地,连自己人战胜战败都无从得知。

"还真是担心哪!"

"派人去看看。"伊右卫门选定三十位能人,命他们前往关原查探军情。"小心别被自己人砍了。"先锋主力如今杀意正浓,若是从后方接近,难保不会被错判错杀。

(好难受!)

伊右卫门动了动盔甲下的身子,被雨水浸润得难受,腹部处更是已经兜了一汪污水。

雨仍不愿停,有时连雨落叶面之声都听得真切,时而大,时而小。上午八点,雨终于有了要停的意思。适才白浊一片的浓雾也开始散去。

"把旗上的雨水拧干。"伊右卫门命道。他抬头望去,有云往东行。

(看样子雨要停了。)

他这样判断是因为想起千代曾说过,"美浓关原附近,若是云往东走,雨就会停了。"千代从小就住在这关原附近的美浓乡土不破家里,非常清楚这一带的情况。伊右卫门布阵的这片松林,或许正是千代记忆里孩提时代的那片风景,而昨夜行军经过的那条到大垣的街道,正是千代初嫁时所走的路。

(千代就是在这关原附近长大的呀,想想真是缘分极深哪!)

的确不可思议。可以说,如今的伊右卫门几乎就是千代嫁过来以后一手制造出来的。而他今生最重要的一场仗,就发生在千代从小生活过的关原,这便是奇缘了。

(真是个怪女人。)

一想到她,伊右卫门的心情便平复下来,差点儿笑出声来。

就在此时，从阵地西方十町之外桃配山的家康阵营处，传来震天响的法螺号声，穿透伊右卫门的阵营。

"开始了！"伊右卫门从布凳上跳起。这种法螺号声，是全军开始作战的信号。少顷，关原四面山中也响起了同样的号声、太鼓声，早已整装待发的敌我双方军队开始作战。

随着激昂的太鼓，一片呐喊冲杀之声响起。两相交织传入伊右卫门阵地时，宛如一片撼天动地的海啸。另外还有铁炮声震耳欲聋，仿佛云层上滚落四方的雷鸣一般。

雨已住。伊右卫门命士兵们少安毋躁："镇定！"他的队伍得守住南宫山的敌人。

"大人，您看南宫山上。"眼前的山上，有无数旌旗随风飘扬，可开战至今却不见动静。"他们没有要攻下来的意思啊。"

"不错。镇定！"

"他们一定答应做内应了，绝对没错。"野野村、福冈、乾等武将异口同声道，"那咱们还守在这里有什么意思？应该即刻前往关原参战啊！"

"不可！"

"您说什么？"

"正因为咱们守在这里，南宫山的敌人才不敢动。虽说他们已经答应做内应，可仍然在山上关注原野上的胜负。若是他们发现石田胜了,一定会毫不犹豫回到石田一方,从山上冲下来与我军交战。内应就是这副德行,咱不能离开此处,内府也明言过。"

"大人可真耿直。"大家都一副恨恨的模样,都觉得实在没必要死守这里。都这样了,军令什么的不守也罢。

终于,回来了一位侦察兵。

"噢——"伊右卫门一兴奋,探出一大截身子,忙问,"合战情形如何?"

"非常激烈!合战是从福岛左卫门大夫的突击开始的,西军宇喜多中纳言秀家正在反击。"听完侦察兵的所见所闻,才发现真是一场混战。福岛的阵营背后就是关明神的森林,待浓雾一散,便向天满山山麓里的宇喜多秀家队发起了进攻。

一开始是铁炮射击,接着就直直地冲向宇喜多队,正在前线厮杀。

"就这些?"

"是,因急着回来报告,就只见到了这些。"

第二名回来报告说,福岛队被敌军冲杀得七零八落,溃退了四五町远。

"啊!"伊右卫门站起身来,"然后呢?"

"宇喜多的武将,明石全登、本多正重、长船吉兵卫等整好队形，反守为攻，反倒把突击的福岛队冲得溃不成军。"

"就这些？"

"呃是，就这些了。"

随后又回来四五人接着报告战况，都说不知胜负。总之，乱军之中，宇喜多的太鼓丸旗与福岛的山道旗相互间你推我，我推你，全然一片混战的模样。

"其余的呢？"

"石田本营也有兵马突击，现在虽然被东军的田中吉政、生驹一正、金森长近、竹中重门的战旗压了回去，可同样是胜败难分。"

"大致倾向呢？"伊右卫门低声问道，他问的是两军胜负大致倾向。可侦察兵们均偏了偏头，小声道："西军占优势。"

伊右卫门重重地坐回布凳去。

（或许会败——）

千代的脸顿时浮现在眼前，若是败了，今日就是与千代诀别之日。

一小时后，枪炮声、呐喊声、进攻的太鼓声、后退的钟声愈见激烈起来。

（蠢啊！）

他终于焦急不安了，至今踏遍过几十次战场，可还从来没有经历过今日这般用耳朵听来的战场。

又回来一名侦察兵，伊右卫门问道："怎样了？"他把侦察兵叫到面前，是为了让其说话小声些。

"敌方岛津队的人马本来都是静坐在地，难以判断到底战是不战。随后咱们的细川队、稻叶队、井伊队的人马冲了上去，酿成一番大战。战斗甚是激烈，可咱军的气势好似不佳的样子。还有，前往攻击石田本营的诸将们，也在两重栅栏的正面遭遇大炮的轰击，三成亲自率兵突击，咱军已经溃退了三町之远。"

伊右卫门不由得战栗起来。

上午十点，雨完全停了下来，可云层依旧很低，雾仍未散尽。侦探兵一个个回来，可每次的战况报告，都是东军不利。

（糟了！）

伊右卫门思忖，呼吸也不匀称起来，腰背是一片寒冷。

（难道站错队了？）

悔恨、焦躁、恐怖混作一团充塞在胸中极为难受。把身家性命都压在家康身上，难道真是一步错棋？风大了，眼前的绿草抖得厉害。伊右卫门凝视着这些草，茫然无措。打拼半生留下的这一切，眼见着就要烟消云散了。

（要散了吗？）

那就散了吧——他甚至这样想。要消散的东西就让它消散吧——另一个伊右卫门在这么跟他说，本就是生不带来死不带去的东西，如今还有什么可惜的？

另一个伊右卫门是在伏见诞生的。在伏见的那段时日，他每日里参禅，去禅堂悟禅。虽然只是随大流，并无多少领悟，但从那时起，他就觉得自己心中已生出了另外一个伊右卫门。而此时，在这个关键时刻，他露出脸来，对原本的伊右卫门道：

（六万石、从五位下对马守，这不就是一张浮世的假面吗？撕了就撕了，有什么可惜的？）

还有个粗厚的声音响起：

（肉身也一样！）

肉身也是借来的一层皮囊罢了，舍弃了便自由了。

"原来如此！"原本的伊右卫门看着风中颤抖的绿草，这样喃喃了一句。一股从未有过的勇猛悄悄占据了他的心。

（反正终究都会烟消云散的。）

伊右卫门站起身来。这时，又一名侦察兵回来报告："石田治部少辅攻入德川大人本营附近，虽然现在折返而去，可战况仍不明朗。"

听完报告，伊右卫门叫了野野村长长的名字："太郎右卫门九郎！你去内府阵营报信，说不管内府大人有何指示，现在对马守要参战了。"

"是！"

"等等！你就这样说：眼前南宫山的敌军仍是不动，这足以表明其内应的坚定决心，把他们视作敌人再这么耗着也是无用。懂了吗？"

"在下这就火速去报。"野野村一跳上马便疾驰往西。他奔至家康本营的桃配山，已是上午十一点。浓雾已经散去，眼下情形可以看得很清楚。

野野村见了家康谋臣本多忠胜，转述了伊右卫门的话。

"对州大人原来也是这么想的啊！"意外的是，本多忠胜甚是高兴，对家康道，"刚才在下也说过多次，南宫山的敌人是不会动的。浅野、池田队待命，山内、有马队就转守为攻。"

就野野村看来，家康对南宫山的敌人还持有戒心，而忠胜认为"没关系"，两人像是为此争论过。

家康不得不赞同忠胜的意见，因为眼下的战况不容乐观。哪怕冒着危险也得投入后方的预备队。

"出兵！"家康道。忠胜对他行了一礼，然后指着一处山丘对野野村太郎右卫门九郎道："那是松尾山。"松尾山内藏着西军最大的兵力——小早川秀秋的一万六千人马，现在仍然按兵不动。小早川秀秋事先已经跟家康联络过,答应做内应,因此并未扬旗参战。

如今,东军的藤堂高虎队、京极高知队正在接近山麓,看样子还未展开激烈的战斗。"你们就往那个方向去。"忠胜道。

"得令!"野野村冲下山丘,飞身上马奔回阵营。

伊右卫门听完野野村的复命,即刻下达进发命令,同时也告知了附近的有马队。于是,两千人马出动,伊右卫门命道:"快跑!"全军吼声滚滚跑将起来。"大声喊!"前锋队长深尾大叫道,于是众人的吼声又大了一圈。

全军吼声高亢嘹亮,步伐整齐划一,宛如一支黑剑肃然刺入关原的这片原野。

"那是对州的军队?"家康看着"无"字旗气势如虹往西进发,不禁拍了拍膝盖。他对这支新参战的生力军感到由衷的高兴。

不久,到了关原村。村落已经烧成一片灰烬,只剩烧残的黑柱还立在那里。过了此村,再往西,就追上了己方的藤堂队与京极队。伊右卫门选好一块地作指挥所,把马帜插在一棵老松根上,并叫来野野村:"太郎右卫门九郎,这松尾山的敌人不是也不动吗?"

"这并非在下的错。"野野村亦是愤然不已,动不动不都是敌人自己的事情吗？

伊右卫门只好让铁炮队冲着山麓的赤座、朽木、小川、胁坂等敌军小部队来了一次威吓射击。敌军也反击了一回。不过距离太远，所有枪弹都落入了中间的田地里。

激战在北方。前方直至天满山的宇喜多秀家，以及对面屈尾山的石田三成队实力强大。而东军主力正反复使用枪炮战、白兵战等与之对决。敌我双方旗帜混杂，打得十分激烈。

前方有西军首屈一指的勇将大谷吉继，东军的藤堂队、京极队正与之战斗，似乎没有伊右卫门插手的份儿。

总之，伊右卫门虽然算是进入了战场，可仍是待机的命。

不久，后方的家康本营响起了阵阵法螺号声、太鼓声。伊右卫门吃了一惊，发现是家康的大军出动了，方向往西。

家康旗本共计三万两千人，无疑是关原上最大的一支部队。只见这支部队一面发射铁炮、箭矢，一面呐喊着前行。

（噢，动啦！）

伊右卫门好歹松了口气。可不料此队先锋遭遇了石田三成的火枪队一刻不停的扫射与骑兵队的猛烈突击，逐渐陷入了混乱状态。双方相互拼斗了一阵后，终于——

（啊！）

伊右卫门惊诧不已，德川兵团开始露出崩溃的迹象。只要崩溃一角，就离战败不远了。兵团后方的武士们在大喊——不许退，不许退——似乎都在极力阻止本军的崩溃。可先锋的崩溃波及过来，连马匹都难以驾驭了。

（这……这是要败北了吗？）

伊右卫门全身毛孔都收缩了一般不寒而栗。

德川军溃退三四町远后，终于在中军止住，前后共十五六分钟的时间。就要到正午的这个关头，突然，伊右卫门惊得仿佛见到了天地异变的一幕。

异变发生在左前方的松尾山。山顶至山腹密密麻麻的西军小早川秀秋一万五千余人，突然开始往西北移动。

（啊！难道是要叛变？）

伊右卫门见到小早川队一齐冲下山来，将枪炮对准己方的大谷吉继队，一顿猛射。

"金吾（小早川秀秋）终究还是背弃西军了呀。"伊右卫门跑过来，翻身上马，挥鞭大叫："不要错过这个绝佳的机会！进攻！"他命令全军即刻冲向大谷吉继队。往后看时，溃退的德川军也好像得知了内应加入阵营的消息，很快重新整好队形，开始猛烈进攻。

战势逆转了，竟是一瞬之间的事。

（这一瞬改写了历史。）

伊右卫门在马上发号施令，心底里却不禁感慨万千。这是多么具有讽刺意味的一瞬！小早川秀秋这位年轻人是秀吉的养子，资质弱劣，本就是个惹人发笑的家伙。可这历史上最为紧要的关头，却偏偏操纵在这么个人手里。

虽然伊右卫门知道"机不可失"，也命手下将士们机不可失，可他心中却没有爽快的感觉，有的是对背叛者人性的憎恶。

（这算什么事儿啊！）

战场的形势起了明显的变化。各个阵地的西军开始动摇、溃败。背叛西军的人越来越多。在小早川阵地下面布阵的西军朽木元纲、赤座直保、小川佑忠、胁坂安治等小大名也都调转枪口，雪崩似的向己方的大谷阵地冲杀过去。

（难以置信！）

虽是西军自己的事，可伊右卫门也不由得义愤填膺。而同时——

（终于算是得救了！）

这种安心感也逐渐充溢心间。

这之后的战斗，可以算是伊右卫门参与大战后第一次像模像样的战斗。

敌军已经崩溃，可战斗仍持续了一个小时左右。西军大谷吉继队几乎被全部歼灭；石田三成队虽说几次三番进攻得都很漂亮，怎奈要独自面对一大半的东军主力，终究溃败消亡了；另外还有宇喜多秀家、小西行长队的溃逃，岛津队的败走，下午一时许，纵横战场的多半都是东军的将士了。

下午二时许，战事结束。家康在关原西端天满山脚下的藤川台地上放好布凳，开始评审首级。之后，又与诸将见面。

伊右卫门也向家康祝贺了一番，正要回去时，雨又下了起来。

"对州大人，"家康叫了他一声，伊右卫门回身屈膝行礼，却见家康一张脸简直笑得不成样子，道，"也没什么事儿。只是见到又下雨了，想叫对州大人回去时千万不要淋湿了。"

（这个老人说这些不打紧的话作甚？）

大概是因为家康得了天下，高兴得到处想找人说说话吧。

"多谢大人挂怀！"伊右卫门退出后，骑上阵营前的马。今夜将在关原西端的藤川河原露宿。

雨下大了些，伊右卫门冒着雨骑马回营，马夫叫吉藏。只听伊右卫门道："吉藏，小心别踩着尸体了。"原野上到处是敌我双方的尸体，还有四处散乱的铁炮、刀枪、旗帜。

"咱们赢了，吉藏。"伊右卫门茫然嘀咕了一句。

"是！贺喜大人！"

"值得贺喜吗？"一股强烈的倦怠感席卷了伊右卫门全身。他弓着背，伸出下巴，眼睑半掩，好歹没从马鞍上摔下来。

这时，武将野野村太郎右卫门九郎策马过来，道："大人，今夜宿营地改在野上了。"

"领路。"他的声音柔和异常。

"大人，您身体不舒服吗？"

"为何如此问？"

"您这样耷拉着脑袋，都跟战败逃窜的人一样了。"

"是吗？"伊右卫门微微笑道，颜面竟有了苍老之色，"虽说赢了，可俺高兴不起来啊。"

"为什么？"

"胜利也是一种落寞。"

"落寞？"野野村吃了一惊，扬起脸来。

"不到俺这个年纪是体会不到的。是赢了，可赢了又怎样？只能自嘲一番。"

"大人！输了就没命了！若是输了，现在就是这里的无头死尸一具了呀！"

"又有多大的区别？"

"大人，您别吓我。看您净说些莫名其妙的话，莫非是发烧了?"

"原来如此,你这一说俺倒觉得冷了。"

雨越下越大。

再会

伊右卫门是在九月二十七日那天，与胜利军一道进入大坂的。因东军先锋已经在此之前去大坂市街维持过治安，所以并不见任何混乱。伊右卫门顺着京街道朝大坂方向行进，经过守口一地，到达京桥口时，发现城壁上已插满德川的旗帜。他叫来家老深尾："你去西之丸，报告咱们到了。"自己则率领部队直接回了大坂府邸。

千代在门前站定，领着留守老臣、侍女以及一众将士家人前来迎接。千代与重臣们站立行礼，其他人则跪伏于路上或者门内。伊右卫门下了马，缓步朝千代身畔走来。

"夫人以大义为重，留守大坂辛苦了！"

"大人言重了！恭贺大人率众取胜，平安归来！"

均是语气平缓的套话，并不见多少情感的流露。可路上跪伏着的家人、凯旋归来的将士，却听得感慨万千，甚至有人哭出声来。伊右卫门的慰问、千代的贺辞，无疑已代表了从军将士与其家人之间的千言万语。

伊右卫门跟随留守老臣市川山城来到书院，与数位留守家臣打过招呼后,直接进入内庭,道:"俺想泡个澡。"

自出了远州挂川城后便一直行军,经相模、武藏、下野,后又折返重回东海道,经骏河、远江、三河、尾张,在美浓关原战胜敌军,又经近江、山城边际才终于回到大坂。征程耗时两月余,而这之间几乎没好好泡过一次澡。

"俺要洗去战尘。"他这样说道。而后忽然想起,这次洗去的或许就是这一生所有的战尘了。

若在平时,外侧会有杂役或者近侍,内侧会有侍女;而这日却是千代亲自服侍。"水已备好。"

"哦,多谢。"伊右卫门当场脱光衣服,只穿兜裆布走起来。这位平素行事小心谨慎彬彬有礼的男子还从未有过如此举动。

"让我来帮夫君搓背吧。"

"千代你来?"伊右卫门笑出声来,"那敢情好。自从当了城主,很多事都跟年轻时不一样了,你就再没替我洗过背了。"

侍女们也远远站着,大概是想给这对夫妇留一片地儿独处吧。

伊右卫门盘腿坐在木板上,倦怠地捶打着自己的肩膀。千代系好袖带,卷起袖口,像要大干一场的模样。

"你要穿着衣服来?"

"不然该怎样?"千代咯咯笑道,"以为还跟从前一样么?要是家臣们在私底下笑话大人和夫人双双脱了衣服泡澡,那多不好意思。"

"唉,当个城主可真是没自由啊!"

"城主夫人也不是好当的呀!"

伊右卫门泡在浴盆中,话语中的感情像是被白色蒸汽湮没了似的,道:"千代,俺终于活下来了。"

千代也被蒸汽包裹着,一听这话,不由得情动,"嗯"了一声便用袖袂遮住颜面。

"你也总算逃过一劫。"

"一丰夫君才是——"千代在袖袂后哽咽道。

"俺运气好,全都是千代经管得好的功劳。"

"夫君……净说些意外的话。"千代的确感觉意外。伊右卫门至今为止从未这样说过。他一直认为所有决定都是自己做的,千代极为巧妙的布局引导让他相信所有决定都是出于自己的智慧。"其实,全都是一丰夫君器量过人的缘故。"

"别这样说,俺知道自己有几斤几两。"

"怎么会——"千代摇摇头,到如今,这些都成了无关紧要之事。

伊右卫门也无意再争辩下去,换了个话题:"加上这次,俺算是活了织田、丰臣、德川三代,能这样平安活到现在,实在是不可思议啊!"

"是夫君有运气。"

"哪里。有一种运气叫女运,据说有女运的男人,会被妻子与生俱来的福运左右一生。俺也算是当代少有的幸运之人了。"

其实,伊右卫门算得上是男人中的奇迹。在关原之战中出阵的东军诸将里,经历织田、丰臣、德川三代而生还之人,除了德川家康自己以外,就只有伊右卫门一人。福岛正则等人是秀吉这一代的;而黑田长政、细川忠兴等的父辈虽是织田一代,但他们自己却并未侍奉过织田家。

(俺要是有孩子,大概也会让孩子奔赴关原去拼命吧。跟他家不同,俺是没有孩子,才不得不亲自出马啊。)

拖着一副老身子骨上战场,实在是件辛苦吃力的事。家康在关原的主力决战中,用福岛、黑田、细川等青壮之士,而不用伊右卫门的原因,就是考虑到年纪的问题。突击战是需要血气之勇的。

"总之,俺是老了。"

"这倒是实话。"千代感慨道。这位武艺并不卓绝的丈夫,横跨三代的所有重要战场都亲自出阵过,虽没有多少显赫的战功,却也无甚过失,只老老实实一场一场打了过来。

被称作豪杰、军略家的一帮人，几乎不是早死，便是自诩才能出众不惜与人争斗，终致殒命消亡。

（只有我的丈夫有这般茁壮的生命力。）

千代想到此处，觉得甚是好笑，难道只有丈夫这般无可无不可的耿直之人才是世上的胜者？

（总之，是我雕琢出来的。）

千代心底里暗藏着这种心思，而作为她的雕琢素材，没有比伊右卫门那样顺从又无怪脾气的好男人更合适的了。

（年轻时曾多少有些不满足，可如今才知道，对我这类女人来说，这种丈夫可能才是最适合的。）

夜间的寝屋内，伊右卫门跟千代开了一桌两个人的酒宴。虽然两人都酒量不大，可还是约定"今夜不醉不休"，开始举杯共饮。千代斟酒，则伊右卫门喝；伊右卫门斟酒，则千代喝。慢慢地，意识朦胧起来。

"千代，"伊右卫门的话渐渐俗了，"俺赢了！赢的瞬间，俺站在场上却觉得寂寞得很，骨子里冒出来的。"

"定是年纪大的缘故。"千代也醉了。

"年纪、年纪！俺还没那么老！"

"年轻时战胜了自然会如狂喜一般，可年纪渐长，便不由得会念及对方的感受。"

"千代什么都清清楚楚啊。"伊右卫门瞪大了双眼。

"想想就明白的事情嘛。人的年纪越大,就越是对人这种生物有认同感。无论阴差阳错成了敌人还是自己人,其实都只不过一层假象而已。尝尽人生百味,明白了这些,便不会再如年轻时一样毫无顾忌地横冲直撞了。年轻时做事,年老时品味——人这一世肯定早就这样定好了的。"

"没错。"伊右卫门点头道,觉得自己这半生来血肉之躯的拼搏,是该告一段落了。"多喝点儿吧,千代。"伊右卫门举起酒壶。

"已经喝得够多啦。"

"你酒量变小了嘛。"

"夫君说这样的话,也不先看看自己,身子一直摇晃个不停呢。"

"那,俺就干脆跳个舞。"伊右卫门晃悠悠站起。千代递去一把白扇子,他接过刷一声打开,道:"千代,唱一曲。"

"唱什么好呢?"

"来一曲敦盛[1]。"伊右卫门已经站在中央,张开双臂。

千代唱了起来,伊右卫门随歌而舞,不过并未跳多久便啪嗒一声倒在地上。千代忙跑去扶他,却见他抽泣起来。

"千代你也哭啊。"伊右卫门翻过身来仰天躺着,"你怎么不哭?关原之战死人无数,就算是替阴差阳错变作敌人的石田三成等哭一回吧。"

"……"

"俺——"他扶着千代的肩坐起身来,"俺忘不了关原上暮色渐深的那一幕。胜负无常!人生无常啊!"

"虽说无常,可千代这半生,一直都伴着一丰夫君,相助于夫君,过得充实极了,是绝无仅有的丰富的半生呢!"

"俺也是……唉……一样。"

"'唉'字多余了吧。"

"多余了吗?"作为胜者的伊右卫门,仿佛内心里有多少喜悦便化作了多少空虚。

家康于九月二十七日进入大坂城西之丸,打点战后事宜。这日最先着手的是论功行赏。历代家臣井伊直政、本多正信、大久保忠邻、榊原康政,与精通外臣事务的德永寿昌等六人被选用于调查与制定草案。

"自家谱代家臣明年再赏不迟,先从客将开始。"家康明示了轻重缓急的方针,因为支持家康的丰臣家大名有五十位之多。即便只是调查清楚这些人的功劳,也实属不易。当然,对于赏罚,家康也有自身的考量。这些他也都对六位负责人事前言明过。

"至于山内对马守一丰,"家康对六人说,"他现在是挂川六万石,把土佐国二十多万石赏给他。"

六人一听惊愕万分,本多正信出列道:"请恕在下冒昧,山内对马守有如此大的战功吗?"的确如他所言,与关原之战中的主力福岛正则、池田辉政、黑田长政等人相比,伊右卫门只不过是在战场附近晃悠了一回而已。

"没有——"家康笑道,"不过,你们所认为的战功,就只是战场上的功名吧?有人有马便可在战场上举枪迎敌,谁都可以做到。"

"啊?"

"对马守在小山军议的前夜,得到妻子急函便立即送至我处,连封都未曾拆。他将当时逐渐动摇的客将之心,全都牵引过来了。还有小山军议上,他提议清空自己的挂川城并呈交于我,因此东海道上的诸将们才争着把自己居城让出。只这一事便固定了诸将的情绪。那个瞬间,东西军之战其实胜负已分。此番功高,可谓拔群,不仅直接引导了关原一战的胜利,也奠定了德川家兴隆的基础。拿土佐一国赏与他,实在便宜。"

家康在战场功劳与政治影响这两方面,更看重后者。因此才有了这个决断。"赏罚分明,越快越好。而且,逐一定下就逐一赏赐,这样可避免无益的猜度。"

伊右卫门得到赏与的旨意是在十月后的一天。井伊直政向他传达此事时，伊右卫门以为听错了，反问道："土佐国？"以自己在战场上的战功，最多不过从六万石增至十万石左右的程度罢了，怎么会成为一国之主？

"请恕在下冒昧，兵部少辅（直政）大人，"伊右卫门对这位德川家的长官问道，"您是搞错了吧？"

"您的耿直真是名不虚传哪！"直政不由得笑道，"对州大人，说句大实话，曾经我们也认为此番加封很是奇怪。可这是主公亲口做出的决定，对州大人的功绩在诸将之中首屈一指！"

"实在愧不敢当！"伊右卫门手里攥着封赏令，仍是不信。

回到府邸后，他将这张记载着赫赫战功的封赏令递给千代，千代大笑道："赏就是赏，大大方方接着就好，耿直过了头也并非好事啊。别犹犹豫豫的反被人看扁了。"

土佐二十四万石，实在是太出乎意料。

那日不管千代说什么，伊右卫门都只是傻了似的作茫然状，偶尔会吐出一句："千代，幸运这种东西，是真有啊！"大抵是还未回过神来。

第二天早上他一睁眼便道："千代！要招募新人了！"声音极为高亢。千代反倒吓一大跳，怔怔看了他半晌。

"快！挂川、美浓、近江附近可靠的人才，都一并找来！"

"不用这么着急吧？"

"不行，得快！若是马上便要大战，二十四万石的军役如何扛得下来？"

"不会再打仗了，夫君！"

"会的！"

（难道脑子出毛病了？）

千代有些不悦。前几天刚从战场回来时，还那般忧世悯人，可如今不过加封了四倍，就全然变了个人。"听说土佐自古被称作鬼国或者建依别国，男子性情粗野。更何况国内还有长曾我部残党一万人以上。此时若是新国主入主国内，怕是有无数人等着看笑话呢。还是先派人去查看清楚后再做定夺比较妥当。"

"那是当然。不过这是一回事，招募新人是另一回事，而且刻不容缓。"

"可在土佐国，长曾我部家这个当地国主都已经消亡了，余下众臣也是每日得过且过，怕是拼了命也会反抗的吧。"

"所以才要招人的嘛！"

"最好是先查过当地详情后，招募一批当地人为妙。这样便能上下安心，鬼国的百姓才会跟咱们亲近。"

"不！那种事太遥远了。与他国不同，土佐国反骨者众，轻而易举是拿不下来的。只有筹措大军，进行弹压才行。"

"不像一丰夫君了呢……"千代惊愕道。仅一夜便换了个人,到底怎么回事?

"俺有自信。"伊右卫门道,"连主公都说,土佐只有对州能对付。"

家康确实这么说过。他清楚土佐的风气之怪,与长曾我部的主从关系之坚韧。如果让年轻的大名去管理,恐怕压制了这边又反了那边,终究是祸国殃民一团糟。还让人担心会引起天下大乱。所以,这才想到老成持重的伊右卫门。另外,若是交与福岛正则等人,长曾我部的遗留之臣或许会煽风点火,说不定还会唆使其调转矛头指向家康自己。从这点上看,客将出身的诸将中,还是耿直正义的伊右卫门最合适。只有伊右卫门能事事以德川天下为先,处理好土佐国事而不犯错。

千代认为这才是被封土佐国主的原因。伊右卫门得到封赏的第一日,一副颇感意外的模样还算可爱,可第二日——俺就有这么大器量——他露出的这股自信,就有些自以为是了。

(这如何是好?)

千代不禁有些担忧,因为她知道,男人一旦开始自以为是,诸事便棘手了。

"土佐——"千代一日中念叨了好多次。

（那是个什么样的领国？）

千代全然不知。自伊右卫门受封土佐一国以后，千代尽可能地想多知道一些这片未知土地的情况，可总是未能如愿，因为没有门道。侍女、坊主、武士，问来问去也是仅知国名的程度，任谁都担心害怕地低着头。

"那可是鬼国啊！"也有侍女身形战栗。京城人对偏僻地带一无所知，在他们印象里，那里住的男子就像鬼一样可怕。

"可是，也住着人不是？"千代笑出声来。千代知道，土佐分作七郡，南面濒临太平洋，据说可以收获不少鲸鱼、金枪鱼、鲐鱼、鲣鱼等大海鱼。过去曾是京城政治犯的流放地，王公贵卿们一听说"流放土佐"，无一不是胳膊腿儿打颤。若是有公卿被任命为土佐国司，他们好像也几乎不会真的前往。

曾有歌人纪贯之被任命土佐国司，因某个事由而不得去。他在承平五年（935年）任期结束后回京，把这五十五天的旅行日记取了个名字，叫《土佐日记》。当时的人们竞相抄写传阅，觉得十分有趣。之后数百年，直到千代的这个时代，那本日记的内容一直是人们土佐知识的来源。土佐这个南海偏远之地，便是这样一个不为人知的去处。

千代托京城人帮忙，好歹找来这本《土佐日记》，看了起来。可是，不得不依赖六百多年前的宫廷人的见闻录来获取土佐的情况，这到底是怎么一回事？

伊右卫门觉得那书毫无用处。"就俺的印象来说——"伊右卫门道，"很糟！那就是名副其实的鬼国。"

"为什么？"千代问。于是伊右卫门就讲起太阁春风得意时候的一件事。

太阁征伐四国，招降长曾我部氏后，长曾我部以土佐国主的身份成为丰臣家大名。为向太阁答礼言谢，长曾我部元亲乘船来到大坂。当时——土佐人来了——连好多大坂百姓都跑来看热闹。

只见黑压压的人群之中，土佐武士两百人左右排队走来。他们也是第一次登陆本州岛，看到眼前的光景很是兴奋。

这些武士身着盔甲，面色黝黑，只眼睛亮闪闪的。细看之下，铠衣的腰带竟然是根绳子——莫非盔甲是自己做的？可盔甲之下，人人都是肩背伟岸、步履整齐、意气轩昂的模样。

"之后，他们也都逐渐习惯了这边的生活，住到伏见的长曾我部府邸去了后，便不再令人感觉奇妙了。刚开始那会儿，可真吓了一跳啊。"

家康的参谋本部与军团，因战后诸多事宜，仍驻扎在大坂城。战后诸多事宜本是井伊直政、本多忠胜、本多正信、榊原康政等家康的参谋团负责，不过伊右卫门也是每日登城，在大坂城西之丸，无论大事小事均与他们相商。

（真是个麻烦人哪！）

他们定是这么想的。

（连这个都不知道吗？）

他们定会感觉不耐烦。可与此同时，又觉得仰仗自己的伊右卫门很是可爱，不知不觉间便把他的问题当成了自己的问题来考虑。这就是所谓人情。

伊右卫门最初拿到土佐一国的朱印状时，就仿佛是身子浮在空中了似的茫然不知所措，到了第二日才意识到：

（麻烦了！）

土佐国的旧国主长曾我部盛亲还在浦户城，其军团体制完备、毫发无伤。

（这要怎么做才好？）

长曾我部家虽名义上在关原之战吃了败仗，可军团几乎原封原样从战场撤回，并通过伊势路出了伊贺，再经大坂乘船回了土佐。土佐一国授予山内对马守——这个封赏如今不过是一纸空文而已，长曾我部家还梗在中间呢。

（他决不会乖乖听话撤走的。）

长曾我部家毕竟是土佐当地的大名,家主与家臣们能撤到哪里去?

(他们肯定会拼死抵抗的。)

这种看法甚是自然。他们若是拼死抵抗,有地远而兵强马壮的优势,便是集天下之兵也未必轻易攻得下来。

伊右卫门拿了朱印状后的第二日晨,进大坂城西之丸后便抓住管事的井伊直政袖口,问道:"长曾我部会自行撤离吗?"

"不清楚。"比伊右卫门年轻的井伊直政,露出一脸不置可否的微笑,俨然是管事官吏的做派。

"那可麻烦了。"

"是啊。"井伊点点头。如若土佐叛乱,不只伊右卫门,连刚刚得了天下的德川家也会挠头不已。

"在下必须要率军入国吗?"

若是那样,伊右卫门必败无疑。以六万石的兵力根本不可能诛灭一国大名。

"不如咱们先派使者,"井伊道,"去土佐看看他们到底愿不愿意配合,之后再做打算。"

"如此甚好,那就拜托了!"伊右卫门也只能寄希望于此,说罢便告辞了。

井伊等家康的官僚团一直忙着没收或授予其他诸国大名

领地，每日里极为繁忙，实在无法只专注于某一人之事。不过，对这位无能的伊右卫门，倒是不由自主多了几分爱怜。

其他比如福岛正则，由二十四万石的尾张清洲城主，一跃而成四十九万八千石的安艺备后两国国主。但福岛等人进驻新领地时大都是独立准备并完成的。井伊等见到只伊右卫门是一筹莫展的模样，心底里生出爱怜也是情理之中的事。

有天，井伊直政道："对州（伊右卫门）大人，您完全不必如此担心。恐怕土佐的长曾我部氏要比您担忧多了。"这是肯定的，长曾我部氏是败北之将，如今每日定是战战兢兢，全然不知自己将会受到何等处罚。按常理来说，当主长曾我部盛亲最好的结果是被勒令切腹，最坏的结果是斩首、领土全部没收。他们现在肯定在土佐浦户城中胆战心惊，连日里召开会议商量对策呢。

（反正会有乞命的使者过来。）

井伊直政这样判断，到时候再耍点儿政治手腕即可。为让伊右卫门放心，井伊道："这事就包在我身上好了。"

果不其然，长曾我部盛亲派来两位老臣——立石助兵卫、横山新兵卫，前来拜访井伊直政。不过，他们除了乞命，还想保留全部的领土。

"鄙人家主盛亲，这次因为实在年少无知才会与内府

（家康）为敌。加入石田一方实非本心哪！再说，关原之战中，我军守在南宫山，从未发过一枪。就请看在此番行动的分儿上，在内府大人面前多多美言几句吧！拜托了！"

长曾我部家可谓不幸之至。一代风云人物长曾我部元亲，在关原之战前夕病故，完全摸不清天下形势的盛亲继承父业，在诸事上只能随波逐流。此家本不善社交，与其他大名也甚少有往来，跟石田三成也并不熟稔，更谈不上有支援石田的义务。

其实，此家原本最初的方针是追随家康。还在石田三成刚刚亮出旗帜时，盛亲就写了密函，让两位亲随带到关东的家康处，准备表明心迹——我军愿意追随德川大人。这两位亲随名叫十市新右卫门、町三郎左卫门，扮作寻常百姓急速赶往东部。可哪知他们运气不佳，在近江水口的关卡处，被西军长束正家给拦截下来，并驱逐了回去。就这样一个理由，此家站在了石田一方。真可谓运气左右了将来的一切。

那时千代也在大坂，也派了田中孙作为密使，扮作寻常百姓前往关东，也经过了相同的近江水口的关卡，唯一不同的是，孙作顺利通过了。而山内、长曾我部两家的兴亡，便在此分道扬镳。一家成了土佐领主，一家被赶出土佐。或许是天意弄人吧。

不过，千代派出的田中孙作是近江坂田郡高沟村出身，能说关卡所在地的近江方言。他说"我就是这个领国的百姓",是难以引起关卡守兵怀疑的。可长曾我部派遣的十市、町两位,是地道的土佐人,只会土佐方言。而"口音就是证据!"他俩一眼就被瞧出是土佐人,并被赶了回去。也就是说,人选有误。就这么个小问题便导致丧失了土佐一国。

井伊直政接见了从土佐过来的两位谢罪使。

"哎呀,真是让人同情万分哪!"他和颜悦色道,"其实盛亲大人并非外人,而且他站在石田一方是无心之过,这点我已经清楚了。我一定会竭尽所能在主公面前替你们说说公道话。"

一听此话,两位谢罪使不禁喜形于色。可惜,立石助兵卫也好,横山新兵卫也好,土佐的乡下人是难以理解家康的官僚是怎么一回事的。他们信以为真了。

但是,井伊直政骨子里只在乎德川家的安危,长曾我部家会怎样都无所谓。只是若不加以安抚,就怕他们会闹出些无用的骚乱,引发天下动荡。所以,他才用那么一副仿佛发自内心的同情面孔,尽可能亲切又和蔼地跟他们说话。

"让您费心了!眼下只有兵部少辅(直政)大人是我等的依靠,一切都拜托大人了,我等实在感激不尽!"

"不过啊,两位——"井伊直政又道,"公道话我自然会说，可若是盛亲大人自己守在土佐还像个没事儿人似的，就难办了。也不知道会给主公留个什么印象啊。我看，还是请盛亲大人亲自来一趟，方为上策！记住，务必轻装前来。"

"这个——"两人顿时语塞。若是盛亲来，如何能保他安全？

"二位不用担心，盛亲大人的安全，由鄙人来保证。"直政道。

"那……这样的话——"两人再次叩头拜谢。若是在此违逆对方，就前功尽弃了。"我等即刻返回领国，就按大人的意思劝说家主前来。"

"好！或许贵国还有其他人会怀疑鄙人的话，就让鄙人的侍从跟你们一同回去吧。"直政说罢，叫来梶原源右卫门、川手内记两人。

"我等感激不尽！"

两人道完谢，便与井伊家的两位侍从一同离开大坂，沿海路回到领国。而领国内早有多人在翘首企盼他们的归来。

当时的土佐主城坐落在面向浦户湾的山丘上，称浦户城。这日里，便有会议在城内大厅召开。立石、横山两位报告："井伊兵部少辅对我们心存同情，目前总体情况良好。"井伊家派来的梶原、川手两人所说的一席话也证实了这一点。

这梶原、川手两人曾在离开大坂前，受过家主井伊直政叮嘱——总之一定要让盛亲来一趟大坂。只要他人在咱们手里，余下的事情就好办了。此事万万不可失手，一定要办妥了！

长曾我部盛亲听过报告后很是高兴，好酒好菜款待了井伊家使者三天三夜。"既然这样，我盛亲就谨遵吩咐，近日里便前往大坂，还请贵府兵部少辅大人多帮鄙人担待一二。"盛亲如此作答后，派遣立石助兵卫与丰永惣右卫门两位前往大坂复命。

前往大坂——在如此作答之后，长曾我部盛亲叫来主要家臣，召开了一次会议。议题是：到底是遵从井伊大人的指示，轻装前往大坂；还是留在领国内，据守浦户城？

"据守浦户城"的意见占绝大多数。主战论者的代表，有大黑主计、武内内藏助两人。

"虽然井伊大人的好意实属难得，但领国的支配权却不是人情能够左右的。如果大人去了大坂，对方随时都可能把大人逼入绝境，还不如据守浦户城，让天运断生死的好。"大黑主计道。

随后，武内内藏助开始了"据守必胜"的战术战略论："咱们北部有千万座山峰峭立，南面又濒临大海，而且从本土攻来必须坐船渡海。这些条件都是咱们据守的保障。远在镰仓时代，平家将士在壇浦吃了败仗，很多都逃到了土佐，成了土佐人，可镰仓的源氏终究是没能远征至此。这是古代的事例。当然，如果据守浦户城，咱们自己人倒是方便出入，但要迎击敌方大军却也为难。那咱们就退守群山峻岭之中，自由地选择山中要害之地，让敌军疲于奔命。这样五六年也不会败。待到敌军筋疲力竭，自然会跟咱们讲和。"

这一席话听来确有道理。可一直沉默不言的户波右兵卫，放下抱着的胳膊，道："不可能。现在跟源平时代不一样了。自从太阁的朝鲜征战以来，诸国都有了大船。要是把这些大船都集中起来，天下大军可能昼夜而至。说躲到山野里，如果进退巧妙，可以守个五年十年。可这也都是过去的事情了，如今有铁炮这种东西。要是成千上万架铁炮都运了过来，对原野、山林一顿扫射，今天丢一个东部小城，明天丢一个西部小城，花不了三个月，个个据点都会被一一清除干净的。更何况，关原一战成就了德川的天下霸权，现在日本上下连草木都不敢违逆于他。此种形势之下，反正是跟天下之兵打一场毫无胜算的仗，还不如据守浦户城，轰轰烈烈战死，还能留下咱们长曾我部武士之名。"

说得在理啊！众人一同点头称是。这便是此日的结论。

可是，相同的会议日复一日，诸位渐渐地腻了，乏了，软弱论调慢慢占了上风。因重臣家老久武内藏助也开始反复倡导软弱论，诸位便一同道："那就拜托久武大人了。"提案便是：家主盛亲前往大坂，征得井伊直政的同情。

出发的日子定下了。据说，盛亲临行前，想去附近柏尾的观音堂祈福，可人还未到，观音堂竟起火烧毁了。

败将长曾我部盛亲，为了乞求家康的原谅，从土佐浦户湾扬帆出航时，秋意已日渐浓郁。随从的人数也精简到武士十一人、足轻兵一百八十人左右。众人在大坂木津川河口上岸，即刻便进了天满学授寺。

这夜，街上有人在传言——要开战了！天满街的百姓都慌慌张张，还有人用车装了家财逃走。盛亲命人"去打听一下到底何事？"而后得知，竟是德川大将榊原康政、本多忠胜要攻打过来。

"敌方是谁？"盛亲又问。

探听消息回来的人回答："大人息怒！据说就是大人您啊！"

盛亲一听，大惊失色。这夜，家臣们也在惶恐中度过。次日清晨他才发现，一百八十位足轻兵，竟都在前夜逃走，一个不剩。武士也少了四人，所剩只有吉田孙左卫门、中村惣右卫门、江村孙左卫门、黑岩扫部、立石助兵卫、丰永惣右卫门、横山新兵卫这七人。

这个谣言的始作俑者,据说就是大坂城西之丸在职的井伊直政。他曾叫盛亲"轻装前来",可盛亲却带了足轻兵一百八十人,让他感觉不快。若是这么多人在大坂打起仗来就麻烦了。于是他便想了个主意,用"大军进攻"的谣言驱散了足轻兵。

第二日上午,井伊直政派使者去盛亲处:"大人居住此处,甚是不便,也不安全,还得小心提防谣言。若不介意,移居家主井伊府邸如何?"盛亲一听很是高兴,便住进了井伊家的郊外偏房。就直政看来,"敌人"已经势单力薄、孤零零的,还住进了自家的府邸,就等于是野鸟钻进了笼子。

不过井伊仍是跟本多、榊原一道,去家康面前替盛亲求情道:"盛亲是被石田所骗,而且在关原之战上并未发一兵一卒,值得同情。"回到自己府邸后,又叫来盛亲的家臣,神情忧郁道:"鄙人已向主公求过情了。"

"敢问结果如何?"

"哎,不太好说啊。"

"啊?"

"主公很是不悦,说盛亲大人在出发前,曾手刃自己的亲兄津野孙次郎。"

"啊!这事——"

"是啊，这事已经传入主公耳里了。鄙人却不知还有此事，也不知主公是听谁说的。因此主公认为，撇开关原之战，盛亲也是个不义之人，而这种不义之人就该切腹自尽。"

"啊！"荒唐！家臣主张说，盛亲的确是惩杀了自己的亲兄长，可那是基于大名家的统率所做的考虑，并无家康可指责之处。

"总之，鄙人当全力劝阻主公收回切腹的成命。"直政道。

家康与直政唱的是双簧戏。首先抓住盛亲的小辫子，宣称必须自尽，让其家臣乱了方寸。于是，现在哪里还管得了领国的问题，务必保得盛亲一命便成了他们唯一的希望。盛亲的家臣们拼命恳请直政帮忙。

"难啊！不过鄙人定当竭尽全力。"直政道。

撇下此事数日后，他又把盛亲家臣叫来自己府邸，面露朗色道："好消息！在鄙人几次三番的恳求下，主公终于答应给予宽大处理，死罪可免了。"

"啊！此话当真？"

"没错。不过，土佐一国得上交，盛亲自己得前往京都所司代[2]。也就是说，成为浪人，在京都借一处房子住下来。"

"啊！感谢主公仁慈！"家臣们道。

"可是，"直政道，"土佐一国都得上交啊！"那也是没办法的事。

家臣们将旨意报告给盛亲时，盛亲这才发觉：

（被算计了！）

他本非愚钝之人。后来在大坂之阵，他以浪人之身进入大坂城，集结旧臣，与真田幸村、木村重成、后藤基次（又兵卫）等一同被选为大坂七将之一，于河内长濑堤处跟藤堂兵作战，多次取胜。他作为军人无疑是优秀的，可无奈天生就没有政治感觉。土佐一国的丢失，可归结为他一人的才能之失。

盛亲实在没有办法，只好按要求写好朱印状并转交井伊直政，叫领国的家臣们把所有城池土地全部上交。

家康先是把土佐一国归在井伊直政的名下，命他想办法让伊右卫门能顺利入主土佐。

伊右卫门回府后，将此事告知了千代。千代脸色暗淡道："那盛亲大人会怎样？"败者总是可怜的。千代虽不认识此人，但关原之战前夕，千代的密使安全通过了近江水口的关卡，而盛亲的密使却被赶了回去。相同的出发点，却是不同的两条路，如今皆已成为现实，一个是胜者，一个是败者。

所以，千代才如此同情这位年轻的大名，这位从未见过，今后也未必会见到的长曾我部盛亲。

"盛亲吗？"伊右卫门感觉意外。他如今满脑子都是当新国主的事，前国主会怎样才不是他要关心的事情。伊右卫门本来就是个很现实的人，有一种自然的冷酷薄情。"盛亲怎么了？"

"不，我问的不是怎么了，是会怎样。"

"领地被没收，官位被剥夺，成为浪人一个，住在京都柳图一地，还得受所司代的监视。"

"哦，成浪人了啊。"

"对。"伊右卫门好像有事要找家臣，于是忙呵呵出了门去。

第二天千代又重提话题，道："盛亲大人——真是要住到什么京都柳图去吗？"

"总比死罪好吧。"

"那倒是……"

"也不是流放偏远小岛，已经是不幸中的万幸了。"伊右卫门对这位败将仍然极为冷淡。

（明白了。）

千代思忖。夫君就算原本性格如此，也不是一个随随便便就能说出如此冷淡言语的人。可如今变了,他觉得——对方是人生的败者,没办法的事儿。那神情就仿佛在说:"那是他笨,才一败涂地。"他认为自己是胜者。他也的确是胜者,可他开始认为是自己的能力和器量带来的胜利。土佐一国,这个侥幸得来的丰厚赏赐,让伊右卫门变得跟从前不一样了。

(以前,他会认为自己是个平庸之人,有一点功名、得一些加封都会兴高采烈,说自己只是运气好,谦虚地觉得自己并无甚才能。可如今,却开始认为成功凭借的是自己的力量。)

男人发迹,真是可怕。一旦德薄而位尊,就难免会忘乎所以。

千代怕自己判断错误,又添了一句:"跟盛亲大人相比,一丰夫君现在可真幸福!"

伊右卫门简简单单便暴露了心境。"俺也做了很多啊。"他道,"盛亲实在懒惰。他父亲算是英雄,不过他可不像他父亲,无能啊,难怪会把土佐丢掉。"

"丢掉和得到,有很大的不同吧?"

"那当然。"

"不同结果的缘由又是什么呢?"

"器量。"伊右卫门道,"天正年以来,俺见过各种各样大小名的兴亡。老天毕竟是公平的，兴者以其器量之阔，亡者以其器量之窄。真是很有意思呢。"

"那夫君你呢？"

"俺现在已经得到土佐一国。千代，天正年以来，俺的运气不算好，"伊右卫门说起了与往常不一样的话，"现在总算拨云见日了。俺终于知道，从长远来看，老天是公道的。或者换句话说，俺的器量被太阁所埋没，却被家康大人发掘出来了。"

"难为盛亲大人了。"千代回到了刚才的话题，"不过，领国内还有不少他的家臣吧。从今天起，就无端多了上万的浪人，能否招一部分进来呢？"

"招那些人？你开玩笑吧？"伊右卫门道。"这事以前不也说过吗？那些人可不是省油的灯。说不定现在正磨刀霍霍等着俺去呢。"

"千代你这是妇人之仁。"伊右卫门道。

"你才知道啊，记得当初千代嫁过来时就已经这样了。"

"俺又没有责备你。这才是你可爱的地方嘛。"伊右卫门故作宽厚状。千代看着他脸上松懈的赘肉，很有些恼火。

（烦人啊！）

男人若是对自己的本领有自信，便会散发出一种特别的美；可若是对自己的官阶位分有了自信，难免会让人觉得是臭美。

"千代终归是个女人啊。"伊右卫门道，"无论是同情盛亲也好，要招他的家臣进门也好，终究是源于女人情绪的感伤。可是感伤却对世间万物毫无用处。"

"这话倒也在理，可若是能对败者多一点儿宽容，那男人看起来才更有风度不是？"

"俺可没这份儿闲工夫！"伊右卫门道，"拜托你换个位置想一下。若是西军胜了，现在你还能这么从容地跟俺说这番话？俺已是无头尸一具，脑袋被摆到六条河原上，而千代你也早在大坂被杀了。这才是真正的世相。"

接着他又道："至今为止，俺换过好几次封地，但都是已经平定的土地，俺去那些地方毫不费劲。可这次不同，肯定会有战事发生。这就跟独立完成攻占土佐所需要的努力是一样的。在这种状况下，俺还要考虑什么同情长曾我部盛亲？考虑什么招那些敌方的浪人进来？若是招来的那些家伙跟敌方暗通，俺在入主土佐的合战中失利，脑袋被摆在自己领国的岸边，岂不被人笑话？"

"决不会那样！"千代道，"只要在入主之前，给京都的盛亲大人送去一定的钱物让其家臣安心，再放出话来说咱们要选贤任能，并真正招来给以厚待，土佐人再顽固，也必然不会有叛乱的无谋之举。就算有一部分冥顽不化者,也自有其他归顺之臣将其镇压。难道不是吗?"

"女流之见。"

"你就知道说女流、女流!"千代终于生起气来。

"别生气。千代你还不懂男人。这种情况与其卖他们人情,不如就在京城这片地上招募浪人,待大军练成,再奔赴土佐,去摧枯拉朽。除此以外别无他法。"

"真的吗?"千代微笑道,表情像是要伊右卫门再好好考虑一番。若是以前的伊右卫门,见到千代如此表情,定会失了自信,侧头考虑半晌,最终还是按千代的意思去办。可如今他是土佐国主,仿佛什么都时过境迁了似的。

伊右卫门依旧每日里登城,与井伊直政商谈要事。

此后一日,直政一副十分为难的神情,道:"阿波方面来的消息,说长曾我部的家臣们提出要还给盛亲半封国土,如果拒绝他们,便要据守抵抗新国主。"

"所以,"他又对伊右卫门道,"入主土佐,大人还是不要急于一时。不如先让您弟弟修理亮去做大名代理。"

注释:

【1】敦盛:能乐的曲名之一,由世阿弥所作。讲的是平安末期,武将熊谷直实出家悼念在一谷之战中败给自己的平

敦盛，平敦盛的亡灵在他梦中出现，感叹家门由盛而衰。

【2】京都所司代：江户幕府的职名之一，驻于京都。主管监察京都的警备、朝廷公家；管理京都、伏见、奈良的町奉行；裁决近畿全域的诉讼；监察西国大名等等。于1600年创设，1867年废除。

浦户

庆长五年（1600）十月十七日，接收土佐浦户城的一行人沿海路从大坂出发。船只共八艘，经纪淡海峡南下土佐。船上有长曾我部盛亲的家老立石助兵卫，井伊直政的侍从铃木平兵卫、松井武大夫，还有伊右卫门的弟弟——大名代理修理亮康丰。加上井伊、山内两家，大概有两百余人。

一行人一路上并未遭遇任何风浪，三日后平安抵达土佐浦户湾港口。

"这里就是土佐？"修理亮望着眼前的山河，一张脸略显青灰。这位修理亮，比兄长伊右卫门更为小心谨慎。他对井伊家重臣铃木平兵卫道："平兵卫大人，长曾我部的人要是反抗的话，咱们这些人怕是不够吧？"

"正是。不过咱们有盛亲大人的亲笔朱印状，就算此国之人再无法无天，也不可能故意挑起战事。"铃木平兵卫冷静道。

众船逐渐靠近岸边。这一带虽称作浦户，可海岸却叫桂浜。港口面朝外太平洋，浪头很高。不久，长曾我部盛亲的家老立石助兵卫从船上放下小舟，一个人朝岸边驶去。岸上已有数百人，均身着盔甲，手上长枪冲天而立。

"别开枪，是我，立石助兵卫!"立石一边划船一边朝着岸上吼道。

待他在沙滩上站定，岸上众人七嘴八舌问道："大坂情况如何?"立石则不由分说拨开众人，只顾前行："让一让，让一让，万事进城再说。"他上了山丘上的城郭，见到城内的大堂之上，已有多位家老重臣等待。

"情况如何?"对大家的这个疑问，立石助兵卫并不答话，只默默递出了盛亲的朱印状。"什么?把城池拱手送人?"众人原本还有些期待，如今都脸色一变，有一人叫道："混账!"

立石见状，连忙安慰大家，并道出了事件的来龙去脉。"大坂比想象中强硬得多。家主能保全性命，已属万幸……"家老重臣们听立石细细把话讲完，多少还是能体谅家主的难处，可被称作"一领具足[1]"的一伙人却怒意极盛。这伙人曾经是征服四国的长曾我部军团的核心力量。

这是一群特殊的武士，自身并无封地，但可自行开垦田地，并全免租税。他们每日里勤练武勇，去田地里干活儿时也会在长枪柄上拴好草鞋、干粮，倒插在田埂之上。有人一招呼，便丢下铁锹，加入战阵之中。因为他们仅有盔甲一套,战马一匹,所以被称作"一领具足"。

他们平素与城下的武家集团并无交往,不懂礼仪章法,也甚少有机会听闻天下形势。而且他们自己也绝少有兴趣关心这些,天下由谁任将军对他们来说都无足轻重。可是,他们却愤怒嚷嚷着"哪能把国土拱手送给京城的外人",并陆续聚集到桂浜岸边,很快达到了千人以上。

见岸上人数骤然增多,船上的山内修理亮不由得担心起来,有乐观之人回答道:"没什么,不过看热闹的罢了。"

不久,岸上之人一齐冲至拍浪处,并踏入海水之中,甚至还有人连腰都泡在水中。更令人惊惧的是,他们都手持铁炮。

"啊!快!起锚!起锚!"船头上的人慌乱起来,可已经迟了。岸上的铁炮一齐射出,至少有五六百发。因弹药密集,船上之人倒下一大片。

"开远点儿!把船开远点儿!"修理亮叫道。

的确大意了,离岸边太近。"别探头!身子尽量躲到船舷下!没事儿就躲在船舱里不要出来!"多亏井伊家的铃木平兵卫沉着而熟练地指挥众人,船才退至铁炮的射程之外。不过,一味逃避也不是办法,于是铃木平兵卫找来大嗓门之人,并让其站在船首,冲岸上喊道:"我们可是京城使者!

天下已经平定,我们有话要传达。想听的人,就坐小舟来听。不允许两只以上同时来,每次只能来一只,我们将在船舷处告知。"

此时已是傍晚。铃木平兵卫担心会遭到夜袭,命八艘船都点燃了所有的篝火。终于,夜幕降临了。岸边有小舟吊着篝火一只一只划过来。每只小舟来访,都有井伊家之人从船舷处探出身子,告知对方:土佐国守现已换人,盛亲并无生命危险,大家应该冷静下来,若是闹腾,怕盛亲性命难保。

这是件相当费时费力的事。从日落干到深夜,又从深夜干到清晨,一领具足们一个个不厌其烦地乘坐一只只小舟到访。到了中午,终于结束。而岸上,所聚集的人数已超过五千。

"这样子,怕是上不了岸了。"听伊右卫门弟弟修理亮这样说,铃木平兵卫丝毫不露惊惧之色,道:"总会有办法。"他叫一个侍从乘小舟上岸,去拜访附近的雪蹊寺,此寺是长曾我部家的菩提寺。他在大坂时曾听盛亲说过,此寺里有一位禅僧称月峰和尚,在上下层中很有人缘与威望,于是想请他来调停。

"老衲试试看。"月峰和尚答应下来,亲自来到岸边,问:"哪位是大将?"

只见一个壮汉走出来,道:"一领具足里没有所谓大将,在下是众人推举的首领,竹内惣左卫门。"

"不管怎样,万事总得与京城使者交谈之后方能做决定。"月峰和尚耐心地把道理讲与他们听,他们才终于肯答应在雪蹊寺会谈。于是,京城使者铃木平兵卫、副使松井武大夫,还有山内修理亮与家老深尾汤右卫门一同下船前往雪蹊寺。

在雪蹊寺的会谈里,那些一领具足们怎么都不肯让步,一直咬住这一句不放:"至少要给长曾我部家一半的国土,否则我们就跟天下之兵为敌,战个一百年!"

(真是个恼人的地方!)

铃木平兵卫思忖道。其他大名家若是家主被废,只要重臣们点头便能相安无事。可这里却是地位最低的一领具足们顽冥不化,而家老与重臣反而跟这一拨人不搭边儿。因此铃木他们不得不跟这个集团进行交涉。

交涉进行了两天,铃木平兵卫说:"你们虽提出要一半国土,可决定权并不在我等手上。"于是就有人问道:"那在谁手里?"

"在大坂的主公手里。"

"主公是什么人?"一领具足们的代表问道。

"是德川内大臣家康大人。"

"那就叫那个主公，到这儿来一趟。"代表口无遮拦道。

"放肆！主公乃天下之主！"铃木平兵卫呵斥了一通，可他们丝毫不惧。

"那你们就派人去问问那个主公如何？"

面对一拨人任性的提议，铃木平兵卫困惑不已，回答道："这事已经定下来了啊。"

一拨人张口便笑，道："你们要是不派人去，那就把你们一个个宰了。"无奈中，铃木平兵卫只好派冈七平、田中源左卫门两位井伊家武士作使者，急赴大坂。

这两位使者回到大坂城，先拜见了家主井伊直政，详细禀告了土佐的现状。直政听后甚是震惊，连忙向家康禀明，得了家康的详细指示。

随后，伊右卫门面无血色，前来问道："情况如何？"

"出了点麻烦事。"直政说明了一番后，伊右卫门逐渐愁容满面。

"这可怎么办？"

"不用担心。我早就考虑到可能不会一帆风顺，已跟土佐的邻国——伊予、阿波、赞岐三国的大名们打过招呼。今天我就派急使去，让他们领着军队压到国境上去。请放心！"

"那在下做什么好？"

"您就在大坂静等消息就好。"

"这可实在——"伊右卫门回答。可他终究是什么也干不成的,这时他若是前往土佐——你就是所谓新国主?拿命来!——他随时都有可能被削去脑袋。

"反正,那里的一领具足们可是天不怕地不怕。这次听人说,他们问新领主是谁?我的人回答他们,说是山内对马守一丰大人。结果他们却大笑,说根本没听过这个名字。哈哈。"

"哈哈。"对伊右卫门来说,这一点儿也不好笑。

两位使者终于从大坂回到土佐,复命道:"主公之意不变。"

谈判决裂。

"看来只有跟天下之兵来一场硬仗了。"一拨人气势高涨,"那个叫什么山内的所谓新国主,胆敢跨入土佐岸边一步,就叫他有去无回!"众人嚷嚷着占领了雪蹊寺,在境内很快架起哨所,建好小屋,在通往境内的山道关隘处设置好栅栏,并种下路障。

一领具足的人每日里都在增加,十一月中旬已有一万五千人之多。

这个消息传到大坂的那日,伊右卫门回到府邸,在千代面前叹了口气:"好不容易拜领的土佐一国,看样子是画中饼啊。"

"真的?"千代眼睛一亮,神情极为高兴。

"干吗这副表情?"

"没什么。最近一丰夫君脾气硬得像是变了个人似的,现在终于见到夫君以前的模样了。"

"千代,你可有法子?"伊右卫门声音极细。

千代一听更是高兴,好像她一见到这般怯弱的伊右卫门就会情不自禁涌出一股兴奋来,要拍拍他的肩,替他打气——喂,坚强点儿!也许是结婚以后养出来的坏毛病。

"喝两杯如何?"千代兴冲冲的。

"没心思。"

"可是,人家好久都没见到以前的一丰夫君了嘛,人家要喝!"

"你真要喝?"

"那当然。"千代站起身,吩咐侍女把酒热好,自己还亲自去厨房,做了几尾下酒小鱼。

年长侍女芳野见千代如此神采奕奕,很是惊讶,问:"夫人,您可是碰到了什么好事儿?"

"那是。"

"什么事儿呢?夫人可否讲出来分享一下?"芳野求道。虽说是年长侍女,可她也不过二十七岁而已,是个爱笑的姑娘。

"这个嘛——"千代做出一副甚为可惜的模样,"芳野还是单身,理解起来怕是有难度。夫妇之间可是很奇妙的呢。"

"怎么奇妙?"

"只要有一点儿跟平常不一样的地方,就会非常高兴了。比如说,丈夫的鼻子今天红了,牙不疼了,或者喝了一次久违的酒,都是些鸡毛蒜皮的小事。"

"是么?"芳野看似有些难为情。

"你呀,还没有丈夫,想是很羡慕吧?"千代拿芳野开了个玩笑。

"人家才不羡慕呢。什么牙疼呀,喝酒呀,那些事有什么好羡慕的?"

"哎呀哎呀,芳野可是女强人呢!"

简单的下酒菜备好后,伊右卫门与千代便碰杯喝起来。

"千代,你的智慧呢?"

"智慧?"千代很感意外。

"不是你说要借俺智慧,这才要跟俺喝酒的吗?"

"哦,这事儿啊。"千代笑起来,"我说的智慧,指的就是这样一起喝点儿酒,慢悠悠、坦坦然地过日子。"

"你说——什么!?"

"不行不行!"千代摆手道,"都老夫老妻了,你露出这副怒容能吓唬谁啊?"

"都怪你撒谎!"

"我才没呢,"千代拿起酒瓶,给伊右卫门斟满,"夫君你就听我一句劝。土佐的事,有内府大人跟井伊大人操心就够了。你得的是一张受封土佐国主的朱印状,又不是挥军南下的黑印军令状。"

"那倒是。"

"所以,悠闲地喝点儿小酒,享受享受这太平的喜乐就好。若是焦急不安,反倒衬得夫君器量不够了,到最后还会被井伊大人瞧不起。何苦呢?"

"你的意思是静等事态变迁?说得倒轻巧。"

"不然,一丰夫君跟千代两人杀进土佐试试?"

"说啥呢?你是醉了吧?"

千代用手心捂住脸庞。伊右卫门又道:"跟你杀进土佐去作甚?毫无裨益。"

"就是嘛!两人也好,两千人也好,都是一个结果——毫无裨益。毫无裨益的事,还有必要去考虑么?"

"是吗?"不胜酒量的伊右卫门只两三杯便面颊通红。

"干脆再呆头呆脑一点儿,让人说,那位仁兄莫非有些愚钝?这才更像大国的国主呢。"

"真的？"

"肯定！"你原本就呆头呆脑的嘛——这句让千代给吞进肚子里了。

"那，就耐着性子先看看情况再说吧。"

"这就对了。"

土佐的怪事接二连三，如今已分作两派。浦户城的家老重臣是一派，附近占据了雪蹊寺的一领具足一万五千人自成一派。家老重臣们听了井伊家铃木平兵卫的解释，都表示理解："如今已是大势已去，倘若搞些无谓的闹腾，怕是京城里的家主性命不保。"

"可是，一领具足们如此闹腾，传到京城里会怎样？他们原本也是长曾我部家的旧成员，定会落个'土佐叛乱'的罪名。既然诸位明白了这点，不如索性把这帮乱党镇压下去。"

听说浦户城的重臣们态度软化了，雪蹊寺的一领具足们群情激昂道："家老们蔫了！他们背着咱们，好像在捣鼓把城池拱手送人的事，咱们可得做好准备！"十一月二十九日，他们开了个大军议会，"家老重臣们的丑恶心态已经昭然若揭！看来，咱们只有一条路！把他们也干掉，让京城使者铃木平兵卫切腹自尽，再据守城池！"他们决意两日后进攻浦户城。

形势是越来越乱。不过一领具足之中，有人把此消息泄露给了重臣一方，把家老重臣着实吓得不轻。

"可有办法应付？"众人商讨中，一位叫桑名弥次兵卫的年轻家老抬起头，环视众人道："鄙人有个办法，可否将此重任交与鄙人。"

桑名弥次兵卫在军团的指挥上出神入化，其名不仅响彻土佐，更是远播四方。上一代元亲临死时，曾留有遗言道："咱家将来若是有事，让桑名弥次兵卫打前锋就会逢凶化吉。"

众人一同点头，都同意让桑名弥次兵卫来处理。他的父亲是家主盛亲的贴身防卫，所以他从小就是盛亲的玩伴，对盛亲的感情早已超越了主从之情。

（绝不容许这些下士们轻率的行为导致京城的盛亲被杀！）

这是他心底里的强烈愿望。

（得想个好计策。）

除了奇谋以外，难以解此危局。弥次兵卫从家臣中挑选出十位精通刀术之人，只带这十人，身穿常服，奔赴一领具足的雪蹊寺。

弥次兵卫事前已经侦察得知，这夜有一拨主力在雪蹊寺，其大将级别的八人会在雪蹊寺后的房间里召开军议。

"鄙人弥次兵卫。"他在寺前叫道，"鄙人跟诸位想法一样，想跟你们详谈一下，不知可否让我们进去？"弥次兵卫在一领具足之中有着极高的人气，众人一听甚是高兴，忙带他们来到军议处。

房间里有八人：吉川善介、德井佐龟之助、池田又兵卫、野村孙右卫门、福良助兵卫、藏冈彦兵卫、下元十兵卫、近藤五兵卫。弥次兵卫一踏进室内，便厉声道："对不住了，借诸位首级一用！"只见他手中一柄重剑挥过，池田又兵卫的首级已然落地，收剑时又顺势削落德井佐龟之助的右肩，接着又上前一步，将正对面的藏冈彦兵卫如破竹般纵向劈开。

这只是一瞬间的事。其他五人虽也拔出武器与弥次兵卫的侍从打斗了一番，但无奈此番变化实在太过突兀，终究不敌，均丢了性命。而与此同时，家老重臣们按照弥次兵卫的吩咐，领着一万人火速赶至雪蹊寺，杀了个热火朝天。

激战直至凌晨，方以一领具足的失败而告终。败兵四下散了，攻击方拿下的首级共计二百七十三枚。这些首级，由京城使者铃木平兵卫于十二月一日用两艘船载回了大坂。这日，伊右卫门的大名代理修理亮，终于接收了浦户城。

当大坂的伊右卫门听说土佐在血战后终于得以平定时,甚是高兴。他一回府便神采奕奕道:"千代,成了!"

"才成啊?"

"没错,才成。井伊大人家老铃木平兵卫今天回到大坂,在西之丸做了报告。"伊右卫门详细说了经过。

千代是女人,听后锁紧了眉头。合战倒也罢了,可入主自己的领国为何非要搞得这么血腥?

"那里有一群叫做一领具足的家伙,是鬼,不是人。"伊右卫门听说了一领具足们异常顽固的抵抗之后,好似有了这种印象。

"怎么会?"

"就是!那帮家伙,好像无论跟他们怎么讲道理都没用。现在好歹算是消停了不少,可若是俺一去,怕是又会死灰复燃。"

"那国主一丰大人就以德服人,安抚一下他们如何?"

"京城的这一套对那帮人丝毫不起作用。"

"那怎么办?"

"只有用俺的武威来震慑他们。"伊右卫门道。

千代已说过多次,不要有那种粗暴的念头,可伊右卫门就是听不进去。其实他心里充满恐惧,这种恐惧使他没有余裕去采取安抚的政治手段,只能一味地以强碰强,以刀对刀。千代的话在他看来就是"理想"。

"用兵者以兵镇压之,用刀者以刀诛灭之。要树立武权,除此以外别无他法。"

"可是,长曾我部家的旧臣之中,上级武士们不都对京城方面言听计从吗?"

"那些人是明白道理的人,不但对咱们言听计从,还设计镇压了一领具足。"

"井伊家的铃木平兵卫大人的方法不就挺好的嘛。"千代不经意间嘲讽了伊右卫门一句,可伊右卫门竟没听出来。"那些家老重臣等今后怎么办?"

"俺命他们尽早撤出领国。"

"连那位桑名弥次兵卫大人也是?"

"是。"

桑名弥次兵卫此后被藤堂家看中,请来做了家老。其余有身份的旧臣,比如那位立石助兵卫去了细川家,封一千五百石。家老之中,十市缝殿助去了纪州德川家,封两千石;宿毛甚左卫门去了藤堂家,封一千五百石;香宗我部左近去了堀田家,封两千石。重臣之中,柴田忠次郎去了奥州伊达家,封三千石;近藤长兵卫去了森家,封一千五百石;斋藤与惣右卫门当了德川旗本,封三千石;斋藤摄津当了德川旗本,封五千石;蜷川木工左卫门也当了德川旗本,封一千石。另外被其他大名看中请去的身家一百石以上之人,达百名之多。

千代费尽唇舌劝说伊右卫门招这些人进来,可伊右卫门就是不愿意,仿佛是对自己领国之人有一种天生的恐惧感与憎恶感一般。

"一丰夫君怎会变得如此顽固呢?"千代唯有叹息。

"岁数大了的缘故吧。"

"夫君若是年轻时当了国主,脑袋瓜还较嫩,千代的话一定能听得进去。"

都说土佐算是安稳下来了,可伊右卫门仍在大坂不动。而且还在大坂大肆招募浪人,并一船船运往土佐。

(怎么跟人贩子一样啦?)

千代见了伊右卫门的做法竟是哭笑不得。直至幕府末年,山内家的家臣团中,有七成都是这个时候伊右卫门从大坂招募进来的各地浪人之后。

进入十二月后千代偶尔会问上一句:"一丰夫君打算什么时候入主土佐呢?"

"哦,随时均可。"伊右卫门虚张声势答道,其实他心里还是颇为担忧害怕的。

"不久便是年关了呢。"

"着什么急啊?"

"可是——"市内有百姓在坊间打趣儿说,山内对马守大人在大坂往土佐远吠,发号施令。千代不会问"这种传闻夫君可曾听过?"跟以前一样,千代从不会告诉丈夫外面对他的恶评。为那些无谓的传闻而一喜一忧,对伊右卫门来说是有百害而无一利。

"土佐的人都想早日瞻仰新国主的风采呢。"千代煽情道。

"哪里。"伊右卫门倒是冷静,面无喜色。也许早过了会高兴的年纪吧。"不是想早日瞻仰,是想早日点燃火炮,把俺炸个皮飞肉绽吧。"

"那可不妙。"千代不再言语,她实在没心思再劝了。

不久后的一日,在大坂城西之丸办事的井伊直政,叫住了在殿中晃悠的伊右卫门:"哎呀,这不是对马守大人吗?"

(他怎么还在大坂?)

直政笑眯眯打趣道:"您是打算在大坂跟夫人和和睦睦共迎新年啰?"

伊右卫门一听,会错了意,忙道:"呃不,内人——"他一大把年纪了竟红了脸,性格实在笃厚。

"您有位好夫人啊!"

"哪里哪里。"伊右卫门满面堆笑。

"哎呀，这几年，"井伊直政道，"天下总是不太平，根本没多少时日能跟夫人共度。对马守大人跟我们不一样，您可是尊夫人最珍重之人。此刻若是考虑什么去土佐，怕是煞风景得很吧？"

话说到这个份儿上，伊右卫门终于搞懂了直政言语中真正所指。"怎么会？承蒙大人挂怀，鄙人打算十二月中旬就扬帆入主土佐。"

"那敢情好。主公（家康）也等着听您的见闻呢。"

伊右卫门这时发觉腋下已汗湿一片。

千代留在大坂。伊右卫门备好船只，最终离开大坂是在十二月中旬。船队沿泉州、纪州西岸缓慢前行，且在纪州有田川的河口停泊了数日，理由是"避风"。不久，土佐方面开来一船，也停在了有田港。

此船是驻留浦户城的弟弟修理亮派来的使者，向伊右卫门详详细细报告了土佐的治安状况。据说土佐情势至今未稳。

伊右卫门让使者回土佐，命他道："俺就在有田港待着，你们要一个接一个前来禀报。"于是，伊右卫门果真就在有田港落了脚，遥远地观望着海对面的土佐形势。他在大坂待得久了，会被千代催促，被井伊直政嘲讽，还不如做做样子开船出来，反正逗留此处又不为人知。

终于到了正月。伊右卫门在船上摆了宴席，接受家老野野村太郎右卫门九郎等人的新年祝贺。酒宴时分，野野村暗嘲道："船上的元旦，真是意外之至啊。"

"俺也很意外。"伊右卫门一如既往的诚实，"俺这把年纪，着实去过好些地方过正月，可这样吹着海风喝着屠苏酒的正月，还是头一次。"

"而且还在这无缘的纪州。"野野村道。

伊右卫门点点头："或许该称之为'宿缘'吧。"说罢，笑得很是得意。

这天正月十日，不知是第几位的土佐使者前来禀告："已经差不多了。"凑巧又起了顺风，船队便扬帆起航，再次出海。

所谓船队，仅只两艘，对伊右卫门的大将身份来说，实在寒碜。而且，还故意收起了山内家的三叶柏纹帷幔与旗帜，乍眼一看，还以为是某地的商船。这是伊右卫门苦心经营的计策——不能让人发现新国主就在船上。

三日后的清晨，船终于驶入浦户城下的桂浜。伊右卫门从船上远观陆上情形，只见山内家旗帜果然插满了浦户城内外。"不会有事吧？"他问野野村。

"哪能有事？大人从来就有上天庇佑，决不会在这种海边遭什么伏击的。"

他派的使者已经到了浦户城，不久便带了两千军兵来到海边，铺了一条密密实实的警戒线。可就算这样，伊右卫门仍是不放心，故意穿了身普通武士的常服，还找来五个人也穿上同样的衣服。所有事都准备万全之后，他才乘小船上岸，脚踩在沙地上，心里却忍不住想：

（好不容易才入主土佐国，这个样子也——）

想到此处，他不由得怜悯起自己来。

伊右卫门进浦户城后，一步也未曾离开过。"大人，您可不能出门！"家老们的死命劝诫也是理由之一，而外面也的确天天都有惨事发生。山内家的武士、足轻兵们常被发现横死街头，也不知是何人下的手。

因此，家中所有人平素禁止私自外出，若要出去便组成一队，人人披甲戴盔，长枪铁炮从不离身。可谓把城中所有人都当成了敌人，仿佛那些草、树都会变作一领具足，扑将过来。这时如果有外人知道伊右卫门要出城，一领具足们肯定会聚结起来，捣鼓一场野战——灭掉新国主！所以"山内对马守大人已入主土佐"这事，至今还是秘密。

（窝囊！）

伊右卫门不得不唉声叹气。

（俺是国主！土佐是俺的领国！可俺却跟只贼猫似的蹑手蹑脚入国，之后又不得不忍气吞声在城内蹲着！）

他甚是忿然，却苦于无计可施。他没有勇气说——俺就要像在京城那样，排个华丽的队伍，去转一圈回来，震慑一下这群未开化的野蛮土佐人！

（俺太胆小——）

他不得不承认这点。

在伊右卫门的长浜时代，加藤清正二十五六岁便受封肥后半国，成为熊本城的城主。肥后是天下数一数二的谷仓地带，一半的领国便有足足二十五万石，与土佐一国不相上下。而且当地人的风气也与土佐酷似。他们极端排斥新领主，在各地兴风作浪发动叛乱，好似要将整个领国搅翻天。可加藤清正一身武勇，率领将士们在国中奔走，自己始终站在阵头，有时还与对方单挑。不仅很快镇压了叛乱，其武勇反而还为国人所尊崇。如今在国人心中，他已如半神一般。

不过伊右卫门不敢依样画葫芦，若是站得高摔得重，反倒成了土民的笑柄。

伊右卫门拿着土佐一国的老地图，与长曾我部氏所调查的各郡各村的粮谷明细账目，把家老重臣的封地定了下来。

首先是最先跟随自己的祖父江新右卫门，他现在已是老态龙钟、行走不便，伊右卫门封给他一千四百石。与祖父江一道最先跟随伊右卫门的五藤吉兵卫，在伊势龟山阵上战死了，此次伊右卫门提拔其弟内藏助为重，封与五千石。

乾彦作封了四千五百石；福冈市右卫门一千石；深尾汤右卫门受封佐川乡，领一万石，属家老之最；野野村太郎右卫门九郎四千五百石；安东左近受封藩多郡宿毛，领七千石；寺村太郎左卫门四千五百石；前野勘八郎三千六百石；百百三郎左卫门七千石。

伊右卫门命道："诸位要尽快平定各自封地。"加藤清正没有封过一个家老，而伊右卫门不同，是分掌主义者。

家老、重臣们各自带着人马前往封地，开始平定叛乱。伊右卫门直辖的领地，由奉行们前往镇压。而他自己则依旧在城内闭门不出。

"此国的一领具足，到底长什么模样啊？"有天，他这样问家老深尾。

"他们不剃额上之发，像山贼那样留得很长，头顶发髻粗得不成样。所带之刀，是又长又大，至少三尺以上。连胁差也都是两尺左右的大家伙。这些人自以为武勇过人，走路都是张着膀子，看似与野盗无异。"

"哦！"

"所穿衣裳，连正装都是粗丝或木棉。到了冬天，还填很多棉花进去,而且袖子极短,裤脚也短,腰间缠一根叫'西畑'的木棉带,缠了一圈又一圈,就跟鼹鼠一个模样。"

"啊哈哈!"伊右卫门失声笑道,"像鼹鼠?"

"正是。而且他们所骑的马,那叫一个娇小玲珑啊!简直跟狗不分伯仲。"

"狗?"

"此种马称土佐马,是当地原产的马匹,最多不过四尺一寸大小。他们见了咱们的坐骑,竟惊得说那不是马,是别的生物。"

"他们见识不多嘛!"

"还真是见识少。他们对咱们的马鞍也是一惊一乍。比如他们见了梨子地莳绘[2]的马鞍,会问那上面发光的是什么东西。"

"傻得可爱啊!"

"发髻也很有趣。有人跟咱们一样,用细绳系在头顶;也有人把鹿角锯成环状,直接代替细绳,把头发籀在鹿角环中。"

"厉害啊!"

"不过,他们的武勇,或许是咱们所难以企及的。他们擅长刺杀,能像猛兽一样在山野上狂奔,而且丝毫不畏惧死亡,反而以死为荣。"

"这倒麻烦。"的确麻烦,这平定国土的重任,自己这一代能完得成吗?"一领具足共有多少人?"

"略估有一万。"深尾言语中伴随着叹息。

其实,新政第一条便是取消一领具足的武士身份。这无疑惹怒了他们,同时还有经济困难的因素。不被承认是武士,那就只能是普通百姓。原本是自己种多少就有多少收获,可如今则必须上交年贡了。从他们自身的角度看,不仅是被剥夺了名誉和身份,还使得生活苦不堪言。他们全没有欢迎新领主的理由。

"千代曾提议——"伊右卫门道,"把他们收归麾下。可要是招一万人,那德川家那边怎么交代?超出普通军役人数好几倍,说不定德川大人还会怀疑俺对马守要谋反。简直是无稽之谈。"

"大人说的是。"深尾也无计可施,茫然应了一声,只深深介怀于本地可能发生的大规模叛乱。

毕竟是南国,漫山遍野早绽的樱花已开始凋零,让伊右卫门惊叹不已。这段时期,领国内的新常识也逐渐被认知——新国主好像已经来浦户城了。而且,把长曾我部武士贬为普通百姓,还征收年贡的新政,使得领国内充满愤懑,仿佛一有机会便会有人揭竿而起似的。

"若有人敢犯上作乱,统统严加打击!"这个方针政策是伊右卫门在军议上决定下来的。对象是不听口头劝说的顽固者。

有一天,有人在浦户城正门处,贴了一篇非难新领主的文章,白纸黑字、铿锵激昂。早晨被门卫发现后,送交了家老深尾汤右卫门。伊右卫门也看了。

"是一领具足干的好事啊。"深尾道。一般若有人贴这样的文章,肯定是匿名文,可他们却堂而皇之地写上了自己的姓名,共有七人。

(竟然连名也不藏!)

若是平时,少不了称赞其人有男子汉气魄。可眼下的形势,却反而惹得新领主极不痛快。

(他们葫芦里到底卖的什么药?)

伊右卫门脸色铁青,直瞪着七人的名字看。

"大人,该如何处置?"

"这还用问吗?"伊右卫门只回了这一句。深尾汤右卫门从伊右卫门铁青的神色中看出了"杀机"。

"在下明白了。"深尾起身离座,亲自调了一千兵马急袭各村,抓齐了那七名嫌犯。

七名嫌犯是一副光明正大堂堂正正的模样。大部队包围各村，射入信箭——识相的就出来。而无论哪一位，都是丢了大剑，悠然自若地走了出来，而且还亲自阻止了村民们替他们喊冤争辩。

其中有一位叫沟渊五郎右卫门，身长六尺，肩上的肌肉如小山般隆起，前去捉拿之人见状，吓得要开枪。他丢掉手中剑，大喝一声："为何不绑了我！"说罢躺了下来。众兵忙上前将他绑了个严实。他大笑数声，道："啊哈哈，终于抓住啦。咱土佐人不是恶鬼，快带我去奉行所。"或许他是想在奉行所嘲讽咒骂新政吧。

可是，深尾汤右卫门却直接把他们送至潮江川河原，连问都不问就砍了头。七人成了七颗头颅，摆放在河原之上。新政权对反抗者是何等冷酷惨烈，以此种真实展现了出来。

伊右卫门早前踏入浦户城时就在想：

（果然是乡下啊！）

实在难以想象，这个浦户城就是纵横四国的长曾我部氏所住的主城。箭楼、前门均是茅草顶，城壕四周也没有石墙，只用一些土坯作防垒。

自织田信长的安土城以后，京城周边的城郭建设急速发展了起来。而土佐与之相比，落后三十年左右。

（这种程度的城郭，若是一领具足们揭竿而起，怕是很快就会被攻破。）

"建新城!"伊右卫门入主土佐后不久便作此宣言，要建一座让土佐乡下人吓破胆儿的京城式城郭。天守阁一定要冲天而立，以展示新领主的威风。要让土民们臣服，说一百句话，不如大兴土木更有用。

重臣们均表示赞同。不管怎样，浦户城终是太小，无法把家臣们尽数安置下来。而且，周边土地也小，无法建城下町。

土佐就像是仍处在室町时代后期一般。长曾我部的武士团还延续着镰仓时代的传统，各自住在封地处，接到军令后才带着侍从们赶赴城郭。实际上，在信长过世后，武士们便开始统一在城下居住，一有战事就即刻奔赴战场。可土佐一地俨然是另一番景象，本丸娇小玲珑则可，城郭周围也无须兴土木建房屋。长曾我部时代，这样的浦户城已经足够。

不过伊右卫门不愿意。他要按京城的标准建设领国的国都、国城。虽说出发点是防御，但无疑是伊右卫门第一个把当时最先端的建筑形式与技术带进土佐的。

（首先，得选地。）

他思忖道，于是叫来家老百百越前（三郎左卫门）。这位百百越前，是伊右卫门拜领土佐之后才招进的一位能人。他起先跟随织田信长，本能寺事变后，秀吉命他当了信长嫡孙秀信（岐阜城主，十三万三千石）的家老，领家禄七千石、俸禄五千石。他同时擅长合战与行政，是声名远播的家老。不过，他因为家主秀信在关原之战中支持石田一方，战后竟一文不名，成了京城里的浪人。伊右卫门受领土佐一国，急需一位行政管理的能人，他听说百百越前就在京城，于是找了井伊直政作中间人，取得家康的首肯，并斡旋招募之事。

百百越前时年五十二。他有一项特殊技能——治水。因在水灾多发的美浓住过很久，所以对治水很有一套。而且百百作为先遣队很早便进入土佐，对土佐地理也很熟悉。

"从浦户往北三里，有一地叫'河内'，就地相风水而言，很是不错。大人不妨前去考察考察。"

"是筑过城的地方？"

"不。据当地老人说，长曾我部元亲也曾想过在那里筑城，可最终因为排水问题而作罢。此地一下雨便会积水。可若是用美浓的土木法，则可解决积水的难题。"

第二天伊右卫门便领了一千人的部队，又让四位家老跟自己穿一样的衣服，前往新城候补地"河内"视察。此地背后，数里之外的北部，就是四国山脉；前面有潮江川流淌；附近都是平坦开阔的原野；只中央有一处小高丘。

"那高丘叫什么?"

"叫大高坂山。"百百越前道。

"就是在那小山上筑城吧?"伊右卫门道。不愧是百百越前,眼光独到,找到这么一处好地方。他感觉甚是满意。

伊右卫门登上小山,天然的护城河——潮江川就在眼下蜿蜒而过,流入浦户湾。这也使得将建的城下町在商业上有了水利之便。城下町的货物可以直接装船,经河口入海,再运往大坂。

"很不错啊!"

"那真是太好了。昨日在下做过说明,唯一的缺点是雨期容易积水成洼。解决方法就是——"百百越前拿鞭指着各处的地形地物,一一告知伊右卫门应在何处筑堤,何处挖运河等等。最后道:"如此,则不会再有水害。"

"是叫河内吧?"

"大概是因为河川纵横,一年内会多次积水,四季都润湿的缘故吧。"

"河内这个名字与水难相关,不吉。改称'高知'如何?"

"啊!不错的地名。"百百回答道,"位高而知远。另外,'知'还有统治之意,也就是——知而善统,实在是个好名。"

"越前你也这么认为?"伊右卫门听到新招的重臣如此称赞自己的提议,不由得容光焕发。"那就这么定了。这一带就叫高知,要尽快昭告百姓知晓。"

伊右卫门忽然离了队,看他走路的样子随从们都明白他是有了尿意。他是个举止极为端正之人,此种情况即便是亲随,也羞于让其看见。大家也都心知肚明,任他一人钻入密草丛里。

正静静浇注着小竹叶时,伊右卫门突然听到眼前有窸窸窣窣的声响,于是脚都软了。"——?"他的手握住了刀柄,尿流到长裤里,热乎乎的。

"什么人?"就在他要嚷嚷出口时,一只巨大的狐狸探出头来,定定地望着伊右卫门。

(原来不是一领具足?)

伊右卫门松了口气,反倒对狐狸感觉亲近了许多。这只狐狸着实巨大,而且全身毛色近乎雪白。"你可是这山里的老狐?"

狐狸目不转睛盯着他,就像是在说"是啊"。据说狐狸都很胆小,可眼前这只显然不属此类。

"俺是山内对马守,是这里的大名。因为要在这里筑城,可能会害得你们无家可归,为了表示歉意,俺就给你们修座稻荷祠吧。"说罢,只见那只狐狸叫了一声便转身离去,很快消失不见。

百百越前做好了高知城的设计，本丸、二之丸、三之丸都是中规中矩，特别费了一番心思的是城下町的设计。因为这个城下町将是领国内繁荣的源泉。

街市的规划也都画好了图纸。首先有一条大路，称本町路，若是拿平安京的设计来比，相当于朱雀大路。此路两旁，是高禄重臣的府邸街区。然后，划分了中岛町、带屋町、商贾街，是中禄与低禄武士的府邸街区，同时也是商业地带。这两片地正是所谓"郭中"之街，一旦发生战事，这些府邸都可用作街战的小要塞。

外层设置了上町，是徒士、足轻等人的居住区。这片区域后来分作北奉公人町、南奉公人町两片。再就是下町。下町是为从郡乡移居过来的城下商人们所开辟的一片地。后来，根据商人们的出生地，分别被叫做浦户町、种崎町、山田町、莲池町。另外还有一批商人是从伊右卫门以前所在的远州挂川过来的，所以特称作挂川町。后来还有叫井筒屋宗泉的吴服商从京城过来，所以有了京町；堺市也有商人过来，于是有了堺町。

"马上开建如何？"百百越前提议道，可伊右卫门毕竟是个多虑之人。

"不忙。先征得德川大人同意再说。"伊右卫门道。他把图纸与信件送交到井伊直政处，自己也特意回了大坂一趟。

家康一直在大坂城西之丸,忙于对天下的重新划分与整治。

这天夜里,伊右卫门跟千代阔别已久,又是一宿长话。

"土佐真的那么可怕?"千代听了伊右卫门的描述,感觉超出了想象。

"一领具足那些家伙,顽固透了。手下们胆战心惊都不敢一个人出门。"

"夸张!"

"是真的!"

"京城人都太弱了。以一丰夫君您为首……"

"你!"伊右卫门拧了一下千代的腿,"俺若是真那么不堪,能从一介士卒爬到二十四万石之主的位置吗?"

"哎呀!夫君好厉害!"

"就你敢当俺是傻子。"

"在北政所夫人眼里,连太阁殿下也只不过是个普通的丈夫而已。在妻子眼里,丈夫就是丈夫,没什么厉害不厉害伟大不伟大的。"

"亏啊!"

"什么?"千代捋了捋身旁伊右卫门的头发,宛如母亲对幼童一般。

"当丈夫太亏啦!"

"亏么?"

"是啊。"

"你确定？千代这么一心一意地对待一丰夫君，你还说吃亏？"

"真拿你没办法。"伊右卫门挪开头发上千代的手，道，"再怎么俺也是一国之主啊。可一回到千代这里，就好似被当成了孩子。"

第二天，伊右卫门登上大坂城西之丸，先去见了井伊直政。井伊直政对他说："筑城之事，主公许了。"伊右卫门道谢后又报告说将地名改作了高知。

"高知，不错的地名。不管怎样这都是对州大人的第一座新城，或许会有不少艰辛，可也有很多盼头吧。"

"那是那是。"伊右卫门高兴的神色简直让井伊直政都看得害羞起来。

"主公有时候也会提起对州大人您呢。"

"哦？主公怎么说？"

"关原之战中的众人之功，若是用树打比方，对州大人的功劳便是树干，诸将是枝叶。"

"简直受宠若惊！"伊右卫门低头致谢。

不过，伊右卫门身上没有任何值得天下武士所憧憬的武功。也正因此，一直到幕府末年，与其他藩士相较，土佐藩士总觉得没有面子。

幕末时，土佐藩士在酒宴等地，常被众人质问："贵藩的藩祖当时到底是凭什么得了二十四万石？"这些前来质问之人当然是熟知事情经过的，想借此来嘲弄对方一番。而这种时候土佐藩士的回答也是定好了的："这可多亏了藩祖一丰大人那双有福相的耳朵。"或者"说不定是当时家康大人犯糊涂了。"这样用一些玩笑话来引开话题。

伊右卫门从井伊直政处出来后，便有人领他前去拜见家康。他先就筑城许可一事向家康致谢。家康兴致颇佳，道："长曾我部的手下倒也真够恼人的啊！不妨筑得坚固些。"

后来便是一些杂谈。忽的，家康侧头问道："对州大人，土佐到底有多少收成？"

伊右卫门惊了一跳。家康这样执掌天下大权的人物，不可能不知道土佐的收成。以前，在天正十六年（1588），长曾我部氏对土佐收成做过一次测量，有二十万二千六百二十六石，并向秀吉做了报告。当时就是以此数据做的记录。后来数字多少有些增加，增四万五千七百石，通称二十四万石。

伊右卫门诚惶诚恐答道："天正年间测查时，有二十万二千六百二十六石。"

家康一听，神色颇感意外。"真的？"他道，"其实，太阁驾崩后我曾受长曾我部之邀，去他的伏见府邸做过客。那时的款待可谓尽善尽美，物什器具也极为精巧华美，怎么看都不像是五十万石以下的模样。我曾想，虽然土佐在海那边，远是远了点儿，但毕竟有五十万以上啊，所以这才赏给了足下。"

（啊！）

伊右卫门惊得身子抖个不停，仿佛都要跳起来似的。

（若家康大人所说属实，俺的功劳在他眼里就该值五十万石！）

伊右卫门感激涕零，一句话也说不出来。

"这可真是让你受委屈了。"家康道。家康这枚三寸不烂之舌，给了伊右卫门两重的喜悦，也就等于给了他两重的赏赐。

"千代！俺太高兴啦！"伊右卫门讲述了殿中与家康见面之事，"内府大人一直认为土佐的收成不下五十万石呢！"

"真的么？"千代脸上也是一副高兴的神情。不过，只停留在了表面。

（这种事有可能么？）

她思忖，家康那样时时刻刻心系天下的人物，不可能不清楚各个领国的收成。就算他不知道，他的幕僚们也应该一清二楚。在赏给伊右卫门土佐的时候，他一定会问自己左右——土佐有多少石来着？

（不过，家康大人或许是个意外少根筋的人呢。）

总之，家康是她唯一琢磨不透的。本来在家康年轻时，土地的收成除了以"石"做单位，还用过"贯"、"永"等，而且各地不一。后来秀吉统一用"石"，这才使得大名、武士可用"石"来衡量家底多寡。或许，对家康等人来说，"贯"更好理解，各国到底多少石可能的确记不太清。更何况家康是东部的人，自然通晓东海道至关东的经济地理，但说到四国、九州两地，可谓缘分甚浅。提到"土佐"，大概也只会想到是在赞岐的南面罢了，不知道收成情况也是有可能的。

可是，论功行赏定下了天下的基盘。

镰仓时代的北条执权政府在战胜元寇来袭之后，未曾进行论功行赏，因此失了人气最终导致崩溃。建武中兴时的公家政治，也是对有功之臣封赏少，而对公卿、僧侣封赏多，因厚此薄彼而导致崩溃。足利幕府时期，又对功臣们过于大方，大赐领国，封赏太多导致大诸侯群起，反倒压制了幕府的威势。家康无疑是通晓历史的，而且知无不尽。

（土佐的收成他不可能不知道！）

千代的念头又转了过来。想到家康是明知故问、装萌卖傻地在拉拢人心，千代又不得不佩服家康的智慧与手段。家康只需一句"难道不是五十万石吗",就能让一位率真无邪的大名欢喜得过了头。这位老人,用他的片言只句,就打下了他德川家天下永远的基盘。

"俺是感激涕零啊!"耿直的伊右卫门道,"只要俺山内家在一天,就决不会忤逆德川家。"

"是啊,"千代笑眯眯道,"那是肯定的。"

"俺是内府大人认作五十万石的人,这一定要让子子孙孙都记着。"

(你又没什么大不了的能力。)

千代心底里觉得很是滑稽。

家康在考虑创设一个永久的政权。大概,与加藤清正、福岛正则等才力横溢的骏马相较,伊右卫门这种顺从而又耿直的劣马更让人期待。如今已天下太平,老实巴交比英勇善战更为重要。虽说是外臣,但只要忠于德川,家康便会优待。若千代是家康,也会爱护像伊右卫门这种类型的臣子吧。

大坂的公务一结束,伊右卫门就不得不趁早回领国,土佐有堆积如山的事情等着去做。这是因为,至今为止还什么都未曾做过。首先便是筑新城、镇压一领具足两件大事。

"千代你也来。"伊右卫门道。

"去土佐？"千代吓了一跳。她可不愿去那种荒蛮之地。"我就在大坂府邸好了。"说罢，她忽地又想起什么似的，"我还是去京都住吧。京都的四季都很漂亮，京都人也很有意思。"

常年以来，她一直就有这样的想法。如果世道太平了，便去京都住，跟只居住于京都的那些学者、诗人、画师们高谈阔论，再随心所欲做些小袖给京都的姑娘们穿。

"京都？你犯糊涂了吗？俺拜领的又不是京都，是土佐啊！"

"啊，对。"

（拜领了一处不讨人喜欢的地方。）

千代觉得自己可笑又可怜。伊右卫门描述土佐的那些话，已经变作了她对土佐的印象。此地连武士都穿着塞了棉花的衣服，系着木棉腰带，搞得臃肿不堪，跟一群鼹鼠似的。对千代来说，服饰漂亮的京都才能赏心悦目。

"我还是跟你去吧。"千代只好让步。

"那当然，"伊右卫门道，又可怜巴巴加了一句，"俺还以为你会很乐意跟来呢。"刚才还雄赳赳的伊右卫门，霎时竟让千代觉得可怜起来。

于是千代只好装作很高兴的样子："我自然是乐意的，那可是梦中的领国啊！"

"哦？你还做过梦？"

"浦户是个漂亮的地方吧？"

"有一处叫做桂浜的白沙海滨。岩石都被怒涛拍散，剩下一袭白沙，有说不出来的美。"

"人呢？"难道不是像鼹鼠一般么？她生生咽下了后半句，换了个话题，"其实，我还从没坐过船呢。"

"也是啊。"伊右卫门好像终于弄懂了千代不愿远行的原因。他露出一副安下心神的模样，道："只要顺风，摇摇晃晃三天就好，第四天便可见到土佐山了。"

"不会晕船么？"

"自然会晕，饭也吃不下。"

"人家可是好吃之人啊。"千代一脸悲戚状。她比常人吃得多，而且吃什么都很香。

"最长不过五日。"

"五天！"千代大叫一声，听得伊右卫门大笑。

"你真是个长不大的孩子！"

"所以才一直年轻貌美，让人艳羡不是？"

"你自卖自夸也不怕羞！"

"一丰夫君——"千代盯着他看，"难道一丰夫君就不这么认为么？"

"认为什么？"

"千代一直都年轻貌美。"

"没错,俺是这么认为的。"

"真的?"

"嗯。绝无半句虚言!"

三日后,千代与伊右卫门一起从大坂的木津河口乘船,驶往土佐。大坂湾出航时并不见风浪,可来到纪州,从看见纪州山峦时起,风浪便大了起来,搅得船只起伏不定。正如千代所担心的那样。

"那是什么岛?"千代指着一处岛屿问道,可同时感觉胃里翻腾得厉害,好不容易忍了下来。

"是淡路岛。"侍女晕得一脸灰青之色。千代的侍女多是美浓出身的家臣之女,代代都跟大海无缘者居多。有人悄悄跟朋辈说:"船这种东西真是可怕得紧,不会沉了吧?"也有人唠叨:"我还以为这一生到死都用不着坐船呢。"千代也有同感,思忖道:

(真是得了一处了不得的地儿啊!)

"那座岛好漂亮!"

"叫友岛。"伊右卫门告诉她,"不过,不要去看。"

"为何?"

"看了就觉得是岛在动,会晕船的。"

"那你是闭了眼睛的?"

"最好闭上。"

"闭五天?"千代可要烦透了。

第二天,风向突然逆转,无法前行,只好在熊野一地找了一处港口停泊下来。直等得让人心焦。第四天,终于有风了。他们的船扬起帆走得甚是轻快,可日暮时分还是不得不又停了下来。那时只能靠沿岸的景色来确保航线,夜间是不会行船的。太阳再次升起之后,船再次启航。出到外海之后,波涛汹涌起来,千代哪怕坐着也曾数次差点跌倒。十日后,终于到达土佐的浦户。

"千代,你出来看看。"伊右卫门把千代叫出来,站在帆柱附近远眺。

(这是——)

放眼望去,岸边挤挤挨挨着一百多只小船,每只船上都插着红白相间的鲤尾丝帜、印有家纹的船帜等。这些小船为了欢迎千代他们的大船,正朝这边努力划来。船主正是各位家臣。而岸上,有担任警戒的将士们,正一丝不苟地手执铁炮、弓箭、长枪等。

"是个漂亮的地方吧?"

"嗯。"不管怎样,能从船上解放出来,对千代来说比什么都强。她道:"好想踩一踩那片土地。"

"那片土地便是土佐的土地。你不会那么反感吧?"

"呃,不会。"

"而且,是靠你得来的,是你的国土!"伊右卫门说了句意外的话。

"哦?"千代注视着伊右卫门的脸庞。

(这人确实是这么说的。不愧是一丰夫君,还是那么谦和、虚心。)

千代思忖间,泪不由得噙满双眼,大海、沙滩、山峦都溶成了一团青绿。

千代进了浦户城。

(好小!)

城郭的柱子是用手斧马马虎虎削出来的。墙壁也未曾粉刷过,仍是原本的赤土糙壁。房顶除了本丸与两三座哨所用的是瓦片,其余均是茅草。

倒是有个禅院韵味的庭院。在看惯了京城繁华的千代眼中,虽然这里的庭院多少有些农舍气息,可想到曾经每日在此修身养性的长曾我部元亲、盛亲,还有他们的家臣,千代不禁觉得难过。他们也并非坏人。他们的强健、粗野、豪放,鲜明地浮现在千代的脑海中。

(把他们视作敌人,不应该啊!)

千代在城里走来走去，不由得思忖。那些一领具足们，若是见了，大概也都是些好汉吧。

"可中意？"

"有些乡下气息，也并非是坏事。"千代道。千代出生的近江、成长的美浓这些地方虽说也是乡下，但都是丰饶的鱼米之乡，人们的居住环境与生活，跟京城也差不离。而千代看此处的乡气，就好似看一棵盘根错节的傲然老松一般，风味别致，另有一番美。

"这柱子——"千代见到本丸顶梁柱时，不禁失声。她还从未见过如此粗大的柱子，谁能想到这竟是木材？"这柱子若是挖空了，恐怕两个人都住得进去吧。"

"你还是这么风趣。这种桧木，木曾、熊野这些地方是不会有的。土佐有个地方叫本山乡，乡里有座白发山，那山上便是巨木的产地。去采伐出来，顺着吉野川运出，再装船运往大坂等地，可值钱得很哪！"

"那本山乡，已经归顺一丰夫君了么？"

"做梦呢。"伊右卫门神情似有不悦。

白发山附近有个叫做北山村的深山小村，是称作北山五百石的一片土地，大米能种得出五百来石。村里有个叫高石左马助的乡士，用伊右卫门的话说，就是个老怪物。浦户城的伊右卫门派遣家老前去告知时代变了，可这位竟毫无惧意——那个山内对马守是什么人？这片土地是我的！什么年贡不年贡的，痴心妄想！——然后便不由分说把来人赶走了。

"就是有这种怪物的地方。"

"那夫君打算怎么办？"

"反正总得想办法去灭了他才行。"

"把人请到浦户城来，给他讲讲道理如何？"

"不会来的。"伊右卫门恨恨道，"同是一领具足，靠海的那些人就明白事理。可越是往山里走，就越是不通情理。北山村的高石左马助等人，哪里还能称作人？跟天狗差不多。听不懂人话，也不通人情。"

"真是这样么？"

"不过深山之中孤陋寡闻，他们虽知有铁炮，却不知有大筒炮。俺只需让人带上三四挺，扫射一通吓唬吓唬他们，说不定就会作鸟兽散了。"

这天夜里，千代在寝屋道："夫君终于成了一国之主了。"前一段时间就已经是国主了，可千代进入土佐以后才真真切切感受到这个事实。

"是啊。"伊右卫门似乎也感触良深，"俺想起了那个新婚之夜，那时你让俺当上一国一城之主，说要一生辅佐俺。

说实话，俺只觉得是个遥远的梦，将来的事还在云里雾里，可嘴上还是答应下来了。没想到，那个遥远的梦终于成真。也许是托了你的福吧。"

（也许？）

千代有些不乐意了。伊右卫门还没修正他自大的心态。

"不过，还剩了几道坡。"

"什么坡？"

"修筑高知城、镇压一领具足这两项都需要俺耗费体力和精力。"

"人世的喜乐，就在于有坡可攀不是？正因为有旗鼓相当的对手，人才能活得那么精彩。"

"也是。回过头来一看，俺爬过的坡也够长的了。"伊右卫门的语声此刻听来竟显得极度苍老。

"一丰夫君，心态年轻点儿！"

"年轻？"

"走过的那些坡，就没有必要再回过头来看了。"

"可是回头时擦擦汗，俯瞰一切，感觉很畅快的。"

"怎么像个老人似的，千代可不喜欢。"

"真的？"伊右卫门陷入沉思，"俺这就老了吗？"

"样貌倒是不老，可若是那样又是满足又是叹息的，看起来也苍老了，声音听起来也嘶哑了。"

"这么说，俺还算年轻?"

"嗯。"千代很精神地点头道，"夫君还年轻得很呢。你要是一个不小心变老了，一领具足们可是会跟天狗一样长得硕大无比，会抓住你的脖子肩膀不放呢!"

"提醒得好!"伊右卫门似少年般点点头。

"还有，"千代道，"筑城也一样，老朽的心态筑出的城郭，也会是个老朽阴湿、死气沉沉的城郭的。"

"有那么夸张?"

"所以千万要在年轻的时候一鼓作气把城筑好才是。"

"又不是做小袖，哪能那么快!"

"可千代无论多大，做的小袖都是十七八岁姑娘们穿的。所以千代才能这么永葆青春啊。"

"也不害臊!"伊右卫门抱紧了千代，眼角带有笑意，像是要用行动证明自己的年轻。

千代第二日一直在浦户城休息，第三日早晨开始梳洗打理。她想，伊右卫门肯定会来叫她——千代，俺带你去看工事建筑地。

果不其然，伊右卫门从外面走进来，满面得意道:"千代，你怕不怕出门?"

"人家才不怕呢。"

"你就喜欢逞强!说不定哪个草堆后面,哪家窗格子里面,就有一领具足的炮口在死盯着你,还说不怕!"

"那样的话,我会跟他们攀谈攀谈。"

"谈什么?"

"谈世道变迁,天下已太平的事。"

"啊哈哈!那些人怎么可能听千代你说话?不过,既然你能这么心高气傲,那就真是不怕了。那俺就带你去高知城的工地,你先准备一下。"

"已经准备好了。"

"这就好了?"伊右卫门愣了半晌,"你原本就打算跟来的?"

"那当然,"千代装模作样正声道,"那可是自己家哦。"

(唉,无论年纪多大都是个疯丫头,拿她没辙。)

伊右卫门思忖间,叫人马上去备好夫人的轿子。

千代在浦户城正门前坐上轿子,并直接坐轿下了石阶,再出了城门。城门旁,已有伊右卫门的随从与千代的随行人员在等待。不多久,伊右卫门出门上马。他身着一件柿子色的无袖长褂,一条皮长袴,腰插粗陋的大小双刀,看似一个两百石左右的武士。而另外几名随行家老,也与伊右卫门穿着一样。

(真是不长进的胆小鬼啊!)

千代无奈摇头。

一行人出发行走二里地后,来到一个叫"滩"的渔村。每家屋檐下都有二三十人出来,跪地拜伏。

(这就是土佐人?)

千代很是好奇。或许是自己意识里把他们归为了一类,所以人人都似乎是一个模样。

(可看起来都是和善之人啊。)

正思忖间,一个男子映入眼帘。头发草草束了一个髻,一双筋肉强健的肩膀并未前倾下拜,眼睛还幽幽地望了过来。

(是一领具足吧。)

千代忽地让人停下轿子,并吩咐叫来那人。那个男子显然很是吃惊,只见他取下腰间带鞘的双刀,放置在地上,身子微微前倾,静静走了过来。

(一领具足不是也挺懂礼貌的么?)

千代思忖。这位男子五官分明,约三十左右,大概是在长曾我部时代便负责这一带的中坚力量吧。

"你叫什么名字?"

"鄙人水口吾助。"

"你样子不错。"她指的是面相有神,"明天你去高知城的工地,找一位叫百百越前的吧,一定会有好运气。"

轿子终于在工地旁停了下来。千代出轿，放眼望去，竟感动得不知所措。蓝天白云下，山坡被切断，有挖土的、搬运的、筑石墙的、搭台子的等等，人人身上都是汗水和泥灰。人数足达万人以上，无论在哪个角落都能找到他们的身影。此番热火朝天的光景，千代还从未见过。

"怎么样千代？"伊右卫门回头问千代，"这就是俺的城郭。"伊右卫门定是开心极了。在这漫长的武士生涯里，他第一次筑起了自己的城郭。

总奉行百百越前走来，行了个礼。他的装束因在工地的缘故，看起来甚是吓人，衣裾下摆全都撩到屁股上，露出一截大红锦的兜裆布来。

"越前大人系的东西不错嘛。"千代走近道。

越前已经年逾五十，自己的兜裆布这样被家主夫人称赞，不免觉得难为情。于是连忙把束好的衣裾放下。"让夫人见笑了。工地上需要大家齐心合力，如果自己不年轻点儿就很难办事，所以才穿了这么个东西。"

听说越前一直都穿着这样的红锦兜裆布在工地上跑来跑去。工地上的众人，有三分之一是家中的武士，都穿着细脚裤，腰间挂了饭盒，有的运土，有的推石。年轻的武士就更新潮了，特意穿了伊达样式的木棉单衣，或者剪了下摆的大红小袖，着实一派热闹的景象。

"越前大人，那些武士里，能再加一名进去么？"

"您指的是——"

"一位叫水口吾助的，明天会来这里找你。"

"他是做什么的？"越前侧头问道。

千代瞥了一眼伊右卫门，嘻嘻笑道："一领具足。"这句话听得伊右卫门惊诧不已，忙要制止，却听千代又道："千代问的是越前大人，又不是一丰夫君您。就让他来做越前大人的侍从吧。那样的石头——"她指了指远处，"他一个人搬大概力气都绰绰有余。"

伊右卫门闷声把千代拖到一处树荫下，满脸可怖道："千代！你一介女流，让人家招新人作甚?!"千代装出一副害怕发抖的样子。

"你又在玩儿什么花样？"

"夫君责备，人家害怕嘛。"

"你！真拿你没辙。这水口吾助的事，这次就算了，下不为例。"

"可是，看着从京城那边来的武士在这里修城筑楼，本地的武士们会怎么想呢？定然不是唉声叹气，就是怒发冲冠。若是能够慢慢招些本地人进来，他们的心情也一定会渐渐平复的。"

伊右卫门的性格在筑城一事上体现得淋漓尽致。在万事上，他从来都对自己的头脑没有自信，这次听取了众人无数的意见。因他性格直爽，众人也是争先恐后地向他提议。最大的问题是——正门朝哪个方向开才好？

"千代，你怎么想？"他还问过千代。

望着他一脸认真的模样，"千代是女流之辈，不懂这些事"的话，实在难以出口，于是道："让我考虑一两天，夫君也问过旁人吧？"

"正向众人征求意见来着。可杂七杂八意见太多，反倒拿不定主意了。"

"一斋大人问过么？"千代道。

"一斋？"伊右卫门侧头回了一句。

一斋过去叫做毛利壹岐守吉成，是丰臣家的大名，拜领丰前二郡，俸禄六万石。他与中国地区的大豪族毛利氏没有关系，但因为出身尾张，原本又姓森，所以想沾沾大豪族毛利氏的光，改姓毛利。在秀吉还无甚名声时，他便跟随秀吉，逐渐做到了大名。可是，关原之战中，因跟了石田一方，战后被没收了所有领地，成为公仪罪臣之一。如今他与儿子胜永一起，由伊右卫门看管着，想是已来到了土佐。

伊右卫门总是被赞"有人情味"，他给了这两位被流放的罪臣一千石的口粮，让父亲一斋住在浦户城内，又把郊外久万的一处府邸给了他儿子胜永,还许他们自由行动。不过,后来这位胜永在大坂之阵前,前往帮助秀赖,与真田幸村等人一起成为大坂城七将之一,最后大坂城陷落时自杀身亡。

"哦,一斋啊。"伊右卫门沉思半晌,不知道将筑城的大事拿去问一个公仪罪臣,该是不该。

"没有什么不妥吧?"千代劝道。一斋曾经风光的时候,秀吉曾命他修筑伏见城,经验丰富。

伊右卫门终于还是去了浦户城内的一斋居所,给他看了图纸。一斋沉思半晌,回答道:"菩提寺建在北山,正门朝西不错。"菩提寺是祭祀山内家代代祖先的寺庙,在筑城时,也要算作后门要塞。

可是伊右卫门却不大认同一斋的提议,于是收集了家臣们提过的所有建议。各式各样的都有,但伊右卫门始终都不满意。

有天,弟弟修理亮出列道:"这样如何?菩提寺朝南,正门朝东。"而后细细详述了所定方位的理由。伊右卫门越听越觉得所言极是。

"定了!"伊右卫门回去后跟千代说道。千代点点头,祝贺道:"那可真太好了。"其实,一直到后来伊右卫门都没发现那个提议是千代的想法。千代曾对弟弟康丰道:"我一个妇人介入筑城之事有些不便,就当做是康丰大人的意见,跟家主说说吧。"

现在的高知市，的确是伊右卫门打的底子，可谓是规模浩大的土木工程。

城郭要建在海拔一百五十尺的大高坂山，这是不错，可山脚一带全是湿地，有齐腰深的湿泥，一走便会陷进去。这是一种让人望而生叹的地相。从腹地流过的一条大河，被大高坂山分作两条，一条江口川、一条潮江川，后又分而汇总，流入浦户湾。两条河所划出的三角洲地带，便是伊右卫门的城下町。这河甚是难办，没有堤防，一下雨便河水泛滥，使得三角洲成为一片汪洋，好不容易干了，却又留下了无数小池与湿地。

"没问题么？"千代不禁有些担忧。一代英雄旧国主长曾我部元亲也曾看中这块地，可最终却不得不撒手放弃。伊右卫门要做的是一番极难的工程。

"听说长曾我部元亲那样的人都放弃筑城了呢。"千代这样一说，伊右卫门答了一句意外的话："元亲是不成的，聪明人总是不肯悠着来。可俺不聪明，也不是英雄，所以可以慢工出细活儿。"

原来如此，伊右卫门没有才气，还怕没有耐性吗？

有百百越前治水的经验帮忙，他们首先在江口川、潮江川上修筑了堤防。而后，又在三角洲地带挖掘运河，把湿地的水导往大海。要填埋湿地，就把叫做中高坂山的那个山峰切开，用山土来填。

城郭的建设也是很耗费精力的。土佐本来几乎就没有瓦房，也根本无人会烧瓦，因此每片瓦都需要从大坂运进来。石墙也是一样。土佐的城郭原来都是用一些土垒成的土墙，无人会筑石墙。所以伊右卫门又专程从近江的穴生一地找来很多石匠，来工地上当师傅。

看着总指挥伊右卫门的样子，千代不禁对他刮目相看。

（所谓真正了不起的人，指的莫非就是夫君这种人？）

有天夜里，千代道："佩服！"

"什么？"伊右卫门满脸怀疑之色。这些日子每天都在工地上进进出出，他都被晒得跟土木工人一样黑了。

"一丰夫君很了不起嘛。"

伊右卫门故意哼哼着笑道："现在才发现啊？"

"是啊。"千代也笑。

"那你认为俺哪里了不起了？"

千代找了找词汇："比如——迟钝什么的。"

"什么？俺迟钝？"伊右卫门奇怪地看着千代。不过对千代来说，她说的是实话。聪明人会看一眼地相，若是不符标准马上就会撤退。可伊右卫门却不知后退，一个人在那里打气,"反正总有办法",细心地收集所有人的意见,再一个个决定下来并付诸实行。若是说得夸张点儿,就是傻人有傻福。

注释:

【1】一领具足:指战国时期土佐国(高知县)长曾我部氏所创设的农兵制度下,亦兵亦农的当地武士。也是土佐藩乡士的别名。"一领"是一套之意,"具足"是盔甲之意。

【2】梨子地莳绘:莳绘的一种,看起来有梨子的颗粒状之感。

种崎浜

土佐国中，一领具足们的叛乱一直不肯消停。眼见着东部好歹安静下来，可西部又出了事端。

有天，伊右卫门虎着一张脸，道："幡多郡中村的北部，好像又有一领具足在闹事！"千代觉得伊右卫门可怜，都不忍看他的脸。自从伊右卫门入主土佐以后，便无一日安宁。

"中村远吗？"

"像是在浦户往西三十里左右的地方。此地，是长曾我部以前的土佐国司一条氏所居住过的地方。"伊右卫门入主后，把中村一千四百石，给了祖父江新右卫门。新右卫门与战死沙场的五藤吉兵卫两人，是伊右卫门最初的侍从。

"新右卫门一定很心焦吧。"千代一脸愁绪。新右卫门已是腿脚不便的老人，这个年纪早就难以驾驭一片新的封地。

伊右卫门很快便派了援兵前往镇压，十日后终于安宁下来。有消息称，大将奥宫弥兵卫被捕，且被束手带至浦户。为的是在浦户行刑。

"斩首。"伊右卫门旋即做了裁决。家老们出列道："斩首太便宜他了。不如押回中村，在四万十川一地的河原上公开行刑，以儆效尤。"伊右卫门一听，觉得意见中肯，于是便下令公开行刑。

那一日，千代在城郭高殿上欣赏四方的景色，忽见山道上有人被赶着下山，正是奥宫弥兵卫。"那是怎么回事？"千代问侍女。

"那是在中村犯事的一领具足大将。本来是打算在浦户斩首的，不过听说现在要把人押回故乡中村，在那里公开行刑呢。"

（造孽啊！）

千代思忖。那人在皮鞭下昂然阔步，看起来绝非穷凶极恶之徒，反倒显得有勇有义，铁骨铮铮。

这天夜里，千代问："中村的奥宫弥兵卫是要公开行刑么？"

伊右卫门道："你一介女流，碰上这些事啊，最好闭上眼睛蒙上耳朵。"

"可是我看见了。"

"看见奥宫弥兵卫的样子了？"

"是。"

"以后就别看了。要是每次你都替人求情，俺还怎么治理领国？"

"可是那些一领具足,还有长曾我部的浪人,其实也都是可怜人。原本他们种多少得多少,可如今得交年贡了,单这一条就不可能欢迎新国主的呀。"

"自己主家败落,有什么办法?"

"可那些人不会这么想,他们首先得考虑温饱。人每天都得吃个两三顿,若是没吃的,穷则生变,难免会闹事。他们不是为了报旧主之恩,而是为了温饱为了更好地活下去。解决了这个问题,领国内自然能安定下来。"

"不切实际啊,千代。"伊右卫门道。

"是么?"

"就算想给长曾我部家旧臣们一些土地,可如今也无地可赠,全封给了俺的家臣。"

"所以嘛,我早就说过与其在京城招人,不如在土佐招募,一半也好啊。"

"现在说这个还有什么意义!"伊右卫门突然大声怒道。

"嗓门真大!"千代缩了缩肩,同时思忖:

(他后悔了。)

"过去的已经无法改变,只能考虑将来如何去做。"

"还有叛乱无法肃清?"

"是啊。这边剿干净了,那边又会冒出来。"

"让他们能吃上饭就好。"

"又说些不切实际的东西。已经没有土地可以给他们了。"

"可若是开荒垦地呢？还有很多空地的吧？"

"对，这个事儿得做。"

"就让长曾我部浪人开垦如何？这些开垦的土地若是不收年贡，让他们世世代代种多少得多少，想来他们定能受到鼓舞。"

"妇人之见！让他们种多少得多少，那俺这个国主不就一粒年贡也没有吗？年贡都没有还谈什么奖励？"

"贪心老爷！"

"什么？"伊右卫门模样可怖，"千代，俺可是天下的大名！"

"可千代眼里只是一丰夫君而已。难道不是？"

"也没错……"

"千代想说的是，若是连一丁点儿开垦土地的年贡都舍不得，偌大的领国是难以治理下来的。"

"那他们就高兴了吗？开垦开垦，嘴上说着容易，实际上极难。砍树掘根碎土就得两年，道路也得自己去修，所住的地方也要重建。收成两三年都指望不上，这之间难道不吃不喝一直干活儿？说得倒是轻巧。"

"可毕竟有希望不是？让人们对生活有希望，不正是国主政治中最要紧的事情么？"

"那你说怎么办？"

"土地开垦完成后，就封他们做乡士，以后便不再是普通农夫了。一领具足们至今虽是农夫的模样，可都有一份武士的名誉。一丰夫君入主后，剥夺了他们的名誉，他们这才铤而走险拿起刀枪铁炮搞叛乱的吧。"

"异想天开！"一领具足怎么可能这点儿小恩小惠就消停了？伊右卫门思忖，如果让他们当上乡士，那他们就可以公然制备武器，而他们要拿武器干什么就不得而知了。

"异想天开！"伊右卫门又道。可他不知道，这番千代的异想天开，在他过世后，二代藩主忠义采纳野中兼山[1]的意见，作为土佐山内家的特殊制度实施下来，直至幕府末期。

伊右卫门总是被领国内一领具足在各地的叛乱搅得头昏脑涨。浦户城每天都有军队出发前往镇压，可结果就跟驱赶梅雨期的苍蝇一般，终是徒劳。

不久，在江户任职的家士派使者前来报告：幕府的老中们都在担心："土佐还没安定下来？"

（这不行。）

伊右卫门很是怯愕，胡思乱想了一通。他觉得好不容易到手的土佐一国，或许会因为治理不力被收回。有天，他召来家老们，来了一次秘密商讨。

"有没有一劳永逸的方法？"伊右卫门问在座所有人，可所有人都是在战乱中凭着一杆枪活到现在的莽夫，没有足够的智慧与知识可以治国。

有人提议："这个问题，拿去问问夫人如何？"

"俺问过了。"伊右卫门道，"可是，她说什么要开垦土地等等，都是些要五年、十年才见成效的蠢事。现在一点儿用都派不上。"

"那就不好办了。"重臣们都只点头附和，却没人有更好的提议。

"这一两天内，大家好好考虑考虑。如果没有良策，咱们的领国说不定就保不住了。"

"大人说的是。"重臣们领命各自散了去。正因为伊右卫门意外当上了土佐大名，他们才好不容易有了个体面的身份，若是连领国都被收了回去，一切不就是竹篮打水一场空么？反正这个时代的武士都是主从一体，一损俱损一荣俱荣。

（欠火候啊！）

千代思忖，她那天正与一位年少的禅僧在一室对坐闲谈。

所谓年少僧人，便是她曾经捡来的那位拾儿。千代还在长浜时，在府邸门前捡来一名弃儿，并一直当亲生儿子一般疼爱。后来，拾儿在妙心寺的南化国师门下剃度，并修行数年，僧名湘南。千代到土佐以后便难得与湘南见上一面，感觉甚是寂寞，于是遣人去南化国师那里，求他允许湘南到土佐与千代团聚。

湘南只有十六岁，虽然做一山的住持还显太年轻，可千代仍是干脆地"要给他建一座寺庙"。伊右卫门也觉得并无不妥，而且正巧城东有座禅寺叫吸江庵，因年久失修，并无住持。所以，在筑城的同时，也开始重建寺庙，并新起名为"五台山吸江寺"，受赠一百三十石。

这位湘南后来成为知名的学僧，其门下出了一位近世的大儒——山崎暗斋。

"你说是吧？"千代对这位略显稚气的养子是无所不谈。

"什么？"

"欠火候啊！"

"什么欠火候？"

"咱家主当这么大的一国之主，欠火候吧？"

"这个嘛……"年少僧人踌躇着不知如何作答。

"最多适合当个挂川六万石之主。"

年少僧人笑道："我这个方外人士，于政道是一窍不通啊。"

"说起咱家主啊——"千代像是发牢骚似的,"此国的一领具足们以武力抗争,他竟也用武力去压制!以暴制暴!可只要是屈从于武力压制的人,就一定会心存憎恨,一定会想方设法报仇雪恨。"

"是啊。不过看如今的情形,这也是没有办法的事啊。"湘南年纪虽轻,话却老成。

千代听了有些不满,道:"湘南禅师难道跟一丰大人意见一致?"

"不。我跟母亲大人意见一致,只是觉得现在时机还不成熟。"

"湘南禅师,土佐现在每天都有子民在某郡流血呢!我一直都有一个梦,希望一丰大人当上一国一城之主,对领国子民仁爱慈善,受子民爱戴。可谁知道,一踏进土佐,竟是这般模样。国主被子民讨伐,难道是应该发生的么?"

"这个……"

"一丰大人我是最清楚不过的,武家还从没有过他那么情深义重的人。长浜时代,他很受子民爱戴,挂川时代也是一样。可自从他受封土佐国主,突然就像换了个人似的,心性大变。大概是因为没有相应的国主器量,万事都感觉力不从心,原来的好心性反而被逼到了角落里吧。"

"这……也难说啊。"湘南模棱两可微笑道。湘南认为,在这种蛮荒之国，起初的武力是必要的。那些暴力反抗者、煽动挑拨者都是罪不可赦，需得杀一儆百。让暴民战栗、臣服后，再循序渐进施以仁政，才可奏效。"最近我读书，读到'宽猛自在'这个词，说要宽猛相济，才可自由自在。政治上，若是只有母亲大人所说的'宽'，反倒会有害不是？"

"湘南禅师，你的话未免狂妄自大了些！"千代显出了怒意，她也真是生了气，脸都红起来。"要'猛'也应该是解决了一领具足们的生活难题之后的'猛'。而不是用'猛'去压制那些瘦骨嶙峋的浪人。这会遗祸百年的！我这么辛苦不是为了造就这样一位一丰大人！"

"母亲大人真是喜欢做梦的人啊。"

"一丰大人当上一国之主，是我的梦想，如今也实现了。可若是因此而让子民苦恼困顿，那这个梦想说穿了，只是我们夫妇的一种出人头地的私欲罢了。"千代与其说是在埋怨伊右卫门，不如说是在恼恨自己。

"当然，出人头地的私欲不可能一点儿都不掺和，"千代开诚布公道，"可我一直都告诉自己，当国主不是为了出人头地，而是为了做一个更优秀的自己。"

"母亲还是很优秀的呀！"

"还是？'还是'这个词需要么？难道在这种场合不应该剔除么？"

"这个……我少不更事,母亲的话都回答不上来呢。"湘南脸上满是困惑不已的神色。

伊右卫门听说又在本山地区发生了三百人左右的叛乱时,道:"这次俺去!"他认为是时候让这些暴徒知道一下厉害了,他要将叛乱彻底肃清。

"不行不行,太危险了!大人千万不可亲自出马啊!"家老们虽异口同声加以阻止,可伊右卫门听不进去。他再也不能忍受把战事交与家臣,而自己却待在浦户城里的日子了。

"俺受够了!"伊右卫门道,"难道你们是说俺已经老得上不了战场了吗?"

"不敢!"家老们道。伊右卫门毕竟是从步卒一步步爬上来的大大名,在当代武将之中,是资格最老的老将之一。

"那就去集结人马,先锋由野中玄蕃担任。"他道。野中玄蕃之子,便是有名的野中兼山。

伊右卫门是个在战事上特别小心谨慎的人。事先会对地形地理作充分的调查,派密探去详细勘察敌情,再反复斟酌进攻方法,制定策略,最后才会出击。

这天夜里,千代问道:"夫君是要亲自去本山吧?"

"不许阻拦,千代。"

"不会的。不过,这次带去的都是家中的自己人么?"

"是啊。"

"不如招募一些长曾我部浪人,借一些阵地给他们,若是作战有功就论功行赏,如何?他们肯定会感恩戴德的。"

"这是要他们自己人打自己人?千代你也够坏的呀!"

"反正,政治就不是好人能做的事儿!"千代噘起了嘴。被当面说成坏人,实在没有面子。她苦心想出的这个方法,不仅可以救济浪人,而且可以集结那些未参与叛乱的人加入自己阵营,对新国主抱有亲近之感,实是一石二鸟之策。

"那就试试看吧。"伊右卫门依千代所言,颁令招募志愿兵。没想到民众竟异常热情,不多久便超过了两千人。

这些志愿兵在浦户城的临时小屋、寺庙、民居等地宿营,等待出阵。伊右卫门惊诧人数之多,不由得担忧道:"千代,要是这些人发动叛乱,该如何是好?"

"呵呵,那就只有束手就擒了。千代也好一丰夫君也好,唯有一死以谢之。但是,有必要做这些无谓的担忧么?畏首畏尾可是什么事儿都办不成的。"

"那倒也是。"伊右卫门最终把这两千人分作好几组,分别安放在各位家老手下。他们大都在后来成了土佐乡士。

伊右卫门终于出发了。

本山地区是个山岳地带,叛乱者在各个山峦要害处筑好堡垒,用铁炮袭击所有靠近的人。他们的铁炮用得很是巧妙。只见他们把铁炮背在身上,如猿猴一般在山中穿行,只要有人靠近,是见一个毙一个。

镇压这次本山叛乱,伊右卫门花了半个月时间。敌军最后被逼到一座叫泷山的山峰之上,再在东面高地架好一千挺铁炮,不分昼夜地扫射。待到仅剩了十多个时,才令手下们拿刀枪上阵,"上啊,夺取功名的时候到了!"伊右卫门也冲入敌阵。所有还有气儿的都被斩杀殆尽。

叛乱被镇压后,领国内终于平静下来。伊右卫门从本山凯旋归来之时,对千代道:"这下安静了。"

刚开始数日,的确很平静,无风无浪。可数日后,安插在高冈郡、安艺郡的密探回来,报告说又有不稳的迹象。

(恼人啊!)

伊右卫门一筹莫展。

有天,他召集家老们前来,问道:"以前俺曾让大家好好想个妙策,可想好了?"一人出列道:"在下有一策。"

"说!"

"不过,此策必须严守秘密。将来无论是要采取此策,抑或不采取,都决不可将此策内容泄露一字半句,否则必有后患。"

"哦?"伊右卫门欠了欠身,"讲来听听。"

"大人，请恕在下无礼，在下需要在座的各位保证，对自己亲兄弟也绝口不提一字半句。"

"各位听清了吗？今日的军议内容，绝不可外泄。"

"大人也是，不可对夫人提及。"

"千代也不能告诉？"

"是的。因为此策夫人听了必然反对。"

"千代会反对？"伊右卫门终于意识到此事非同寻常，"说来听听。"

"迄今为止，每次叛乱必定有煽动者。"

（这是自然的。）

伊右卫门思忖。

"而这些煽动者，大都是各乡各村的武勇佼佼者。"

"的确。"

"每一拨叛乱的背后之人，都是一副相同的面孔。只要把这些人解决了，叛乱就不会再有了。"

"说得有理。"

"那就把这些乡村里有煽动倾向的人都抓来杀掉，不就可以一劳永逸了吗？"

"说得倒是容易。"伊右卫门不由得笑起来。还没有发起叛乱，就是良民，怎能因为有煽动倾向就抓来杀掉？做这种暴虐之事，不就跟古代中国的夏桀商纣一样了么？定会留下一世恶名的。"太暴虐了点儿吧？"

"可是，除此以外别无他法。这一年中，若是土佐安定下来倒还好说，若是安定不下来，京城大公仪的脸色怕是不会好看。"

"俺也十分苦恼啊。"

"大人，现在得有所准备了，此事先考虑考虑无妨。"

提议之人把整个计策作了一下说明。

前提条件是"此国的一领具足们特别喜欢角力"。土佐人的确是特别喜欢角力，两个年轻人聚在一起，不是喝酒便是角力。总之，武技是最重要的。而且，这个风俗一直持续到幕府末年，角力比剑术更让土佐人看重。战国初期开始流行的斗剑术，可以说几乎没有传入这片穷乡僻壤。一领具足们在战场上把长枪长剑舞得虎虎生风，可几乎都是毫无章法的乱舞。他们平素所倚重的锻炼就是角力。乡村里男人的强弱顺序就是角力胜败的顺序。这些角力的强者，若是参与一领具足发动叛乱，大都处于大将或者干部之位。

"怎么做？"

"只要以国主之名颁令，说在浦户城下的海滨进行角力大赛，并按胜负在土佐一国之中排名，那些蠢蠢欲动者必然会上钩，参与角逐的。"

"哦?"

"待那些人都集中起来,便令埋伏在四周的铁炮足轻兵,冲其一顿扫射,不留活口,由此便可以一了百了。"

伊右卫门咽了一口唾沫,沉默片刻,吼道:"你疯了吗?太残忍了!"

"是,的确很残忍,可除此以外别无他法。如果再不早作打算,叛乱定会此起彼伏,敌我双方的人都会越死越多,那样反倒更残忍。"

"借口!"伊右卫门实在难以点头应允。他从年轻时便进出战场,虽然半生都浸泡在血水之中,可他从未在战场之外杀过人。作为领主他也是宅心仁厚,从未苛待过自己的子民。"俺做不到。"

"无须大人下令,由我等下令便可。"另一位家老这样一说,其余的也都异口同声附和。很显然,重臣们已经商议过此事,只等伊右卫门点头了。

"可这种骗孩子的圈套,一领具足难道会上当?"伊右卫门还是无法决断,一脸犹豫的模样。他唠叨了几句,说这种圈套,怕是连山间奔跑的动物都骗不来吧?人的智慧可是比野猪野鹿等高一大截。

"不见得!"深尾汤右卫门斩钉截铁道,"人的智慧有时候并不比野猪野鹿高,说不定正好相反。野猪野鹿从来胆小，确保自身安全的那些智慧是人所不及的。人也一样，越是胆小的人则智谋越高。可是人有一点与野兽根本不同。"

"什么不同？"

"人有勇气。"原来如此。勇气是与本能相对的，为了锻炼自身或虚荣，要拼命遏制胆小，才能培养出勇气来。"所以有个词叫做'有勇无谋'。一领具足的所谓勇者，大抵此种程度的圈套便足矣。"

"让俺想想。"伊右卫门阴沉着脸，令众臣退出。

这天傍晚，他无甚食欲，只叫人备了酒，与几个小杂役喝起来。可是晕晕乎乎中，他觉得跟小杂役喝也怪没意思的，于是回到后院，又叫人备酒备菜，跟侍女们喝起来。可还是觉得没意思。

"把酒菜都端到千代的房间去！"他醉醺醺站起来，让侍女们扶着肩。"俺醉了。你们……把俺抬到千代的房间去。"侍女们一听来了兴致，七手八脚便把他抬了起来。女人的力气合起来也够吓人的。

伊右卫门就这样四平八仰地任由侍女们抬着，嘴里还不忘了说："出发！前进！"侍女们则一二一喊着号子开始前进。走廊并不很长，此番喧闹很快传进千代的房间，把千代吓了一跳。她连忙起身，一路小跑来到走廊上，只见伊右卫门像尊神舆似的被抬起,是从未有过的醉态。

(到底怎么了?)

千代在走廊上跑起来,倒不是因为担心,只因她觉得侍女们这样抬着伊右卫门喧喧闹闹实在好玩。她甚至也想这样被侍女们抬着走一回。

千代一时兴起,钻进侍女堆里,也跟着一二、一二喊起了号子。不久来到千代房间前,千代问侍女:"这尊神舆,打算怎么办呢?"

"说要抬到夫人房间里去。"

"哦,这样啊!我还以为要扔到院里的池塘里去呢。"

"哎呀,好可怜!"侍女们笑得甚是开怀,可伊右卫门脸上却无半分表情,直愣愣盯着房顶。

"好了,大家往女神的神殿里抬!"一位侍女响亮的声音刚落,众人便换了方向,往千代的房间涌进来。打开三扇拉门,来到最里间,伊右卫门才被放了下来。

"夫君情绪不错嘛!"千代笑道。站起身的伊右卫门摸了一把脸,只"嗯"了一声,脸色晦暗。

"酒!"伊右卫门道。千代也不言语,把酒杯递到伊右卫门手里,拿起酒瓶斜着注满一杯。伊右卫门一饮而尽,道:"千代也喝!千代也要喝醉!喝!不醉不休!"

(奇怪!)

千代思忖。她本就不讨厌酒，既然夫君要如此豪饮，她也乐意奉陪，很快便干了四五杯。

伊右卫门终于醉倒，开始说些不着边际的话。千代在侍女面前很是尴尬，命她们道："你们就先回去吧。"

"夫人一个人能行么？"侍女的领头问道。其实，夫人比伊右卫门醉得更厉害。

"千代，俺决定了！"伊右卫门号叫道。

千代轻飘飘动了动身子，问道："什么事儿啊？"

"一领具足啊！俺不会输给他们的。俺、山内对马守，要凭智勇战胜他们！"

"还说什么——"千代故意眯缝着眼睛道，"战胜不战胜的？他们不都是你的子民么？要说战胜，领主大人当然能胜。可是，何苦要跟子民一争高下呢？"

"那你说怎么办？"

"爱护他们，怜悯他们，体恤他们不就好了么？"

"千代终究是女人啊！"伊右卫门的意思是说，千代总是活在理想之中，活在观念之中。"女人成事不足啊！"

"或许是吧。"

"成事不足！"

"是！是！"

"男人就是有智慧。设个圈套，像狩猎一样把他们赶进圈套中，再一网打尽！"

"圈套？"千代吓了一跳，"圈套可不行，又不是抓野兽。他们是人啊！"

"是啊，是人。若是野猪野鹿，俺该多省心啊！就因为是人，才这么顽固！人比野兽更凶暴残虐、恶贯满盈！千代还不明白这些，还以为人世是个漂亮的如画般的世界。"

"是么？"

"至少，这个地方的人，需要圈套。或许会很残忍，可除了设置圈套将其虐杀以外，没有别的办法了。"

"可人是有子孙的。"

"野兽也有。"

"可野兽没有语言。若是设置圈套去杀人，此事便会被传承下去，死者的子子孙孙永远都不会忘记。即便清净了一时，他们的子孙以后寻得时机，一定会找山内家报仇雪恨的。政事不能只考虑夫君这一代，要像种树一样，做百年千年之计。"

"说什么傻话！什么百年千年之计？你面前的一丰都快撑不下去，要覆灭了！"

"夫君这是杞人忧天！"

"你是不知道实情。今年内必须搞好这个领国的治安，否则大公仪肯定会将俺的封国收回。你知道这个吗?"

"我知道。可即便是这样,也不该设置什么圈套来杀人啊!"

"不说了。"伊右卫门焦躁地把手一挥,"千代看似聪明,可毕竟是女人啊。"

"狡猾!"

"什么狡猾?"

"每次都这样说什么女人、女人的,总不让千代把话说完。"

此夜以外,伊右卫门再没有在千代面前提起过圈套一事。千代反倒放下心来,想来那天晚上定是因为酒喝多了,才会那样胡言乱语。

(夫君决不可能做那样的事。)

可是,伊右卫门与他的重臣们的那个计划,正紧锣密鼓进行着。千代全然被蒙在了鼓里。领国上下都在津津乐道颁令角力一事。各个乡村首先决定胜者,这些胜者将在下个月五日,于种崎浜集聚一堂,决定最终的角力排名。

此番角力赛,成了土佐七郡的话题。无论哪个乡村都在甄选参与种崎角力赛的优秀选手。计划进行得很顺利。

计划者之一的家老深尾汤右卫门,对伊右卫门不免洋洋自得道："怎么样？被在下说中了吧？"伊右卫门也歪着头模糊地回了一句："怕是啊。"如此单纯的圈套，人竟然没有丝毫怀疑便往里钻，实在不可思议！

"男人总是希望当勇者，而且越是勇敢就越不会怀疑。"

"真是这样？"

"正如大人亲眼所见，在下的计策很完美。"深尾汤右卫门道。

不多久，山内家直辖领地与家老领地各处传来的报告称，已有千人左右的"勇者"被甄选出来。

千人，这也太多了，深尾汤右卫门思忖。随后他命令下属："再在乡中进行一轮角逐，甄选出二三十人即可。"

这个计划千代是一无所知的。所以她有时出城，去角力现场观看时，只觉得甚是有趣："土佐的角力就跟打架似的呢。"这个时期的土佐角力赛上，多是顺推、横击等，并无多少巧妙的招数。

所以，一巴掌横击对方，并趁着对方还未反应过来，便使劲儿猛推，推了又推。此番场景几乎随处可见。在千代看来，虽然粗莽了点儿，但能看到男人们矫健的肌肉，亦非坏事。

一天夜里，千代随意说道："这阵子，哪个村子里都有角力赛，很热闹呢。"

伊右卫门却模棱两可，含糊应了一句："好像是吧。一定是因为没了合战，一领具足们有劲儿没处使吧。"

"肯定是这样！"千代很是高兴。这番景象对新的主宰者来说，无疑是喜闻乐见的。"也因为有一丰夫君的赏赐吧？"

"呃，也是。"

"这是谁想出来的点子？"

啊？伊右卫门偷偷看了看千代的表情，没发现有更深层次的含义，于是安心道："深尾汤右卫门的。"

"真是个好点子啊。这片国土终于迎来了久违的平安喜乐。"

"也是。"伊右卫门点点头，语音艰涩，了无生气。

角力赛又经历了一轮选拔，领国上下一片沸腾，最终选得七十多人参与种崎浜的角力排名。

这日来临了。早晨，千代在浦户城内问一位侍女："今天可有什么热闹？"从城里望出，可见遥远处的海滨有帷幔挂起，好多人进进出出，一片繁忙的景象。

"是啊，还不知是什么好事呢。"侍女也不清楚。家老有所顾虑，从未对内庭之人谈起此事。若是伊右卫门在，千代定会去询问个究竟，可他碰巧不在，昨日便去了高知新城的工地。

不多久，太阳升了起来，太鼓之声渐渐响起。"大概是角力排名赛吧？"一位侍女猜道。千代觉得有理，这才发现原来从七郡选拔而来的角力高手，最终决赛就在今日。

（一丰夫君可从未提起这件事呢。）

千代虽也感觉有些奇怪，可无奈伊右卫门不在身畔，无人可问。

（夫君为何不跟我说呢？）

说实话，千代多少有些不安。她想去看看，可必须先征得伊右卫门的允许。若是伊右卫门不去，她一人也无法出席。

（莫非是练习？）

她又纠正了刚才的猜测。

这时，城内的某个角落里，家老深尾汤右卫门穿好了盔甲、阵羽织，谨慎下达着各种各样的命令。传令官已经多次往返种崎浜。

"大都已经聚拢了？"

"有十七八名了。他们各自在海滨找空地，挂上自家帷幔，在做赛前练习。"

"他们没察觉到什么吧？"

"应该没有。"

"真是一群单纯的家伙。"汤右卫门松了口气，僵直的一张脸稍稍缓和了些。

海滨的人越聚越多,所有情况都一一传入深尾汤右卫门的耳中。

"那些人吵嚷着叫裁判快去。"这是早上八点左右的报告。

"让他们等着。"汤右卫门道。随后叫来铁炮组的十位组头,问可准备妥当了,一切决不可出错。他们无言地点点头,出发了。

城门内侧已有长枪足轻兵两百人整装待发。在组头吉泽左兵卫的带领下,他们于九点前出发,开始排队出城。

海滨的参赛选手已尽数到齐,所有人都只穿了六尺长的兜裆布一枚,黝黑的皮肤暴露在太阳光下。"好慢哪!"一些人有些不满裁判来迟,但多数都在安静地等待。这本就是片没有时间观念的国土,哪怕让他们等到第二天,估计很多人也不会有多少怨言。

海滨周围的草很深。铁炮足轻兵们开始逐一潜入这繁茂的草丛之中,没被任何人发觉。

海滨出现异变,是在上午九时许。海滨周围的山丘、树林、草丛间,各处都有五人、十人不等的铁炮足轻兵出现。他们在树荫下、山沟间匍匐前进,逐渐包围了海滨。

七十多个一领具足，有的在练习，有的在左右抬脚蓄力，有的在吃便当，总之动作各色各样。但有一点是共通的，他们都没穿衣服，没有武器。

"有火药的味道。"其中一人察觉到了异样。众人一听，这才开始注意四周的情况，终于发现了草丛中所藏的足轻兵。

"难道是要对付咱们？"数人嚷道。可更多的人都表示不可能。

"怎么会？这么个好日子里，怎会有这种卑劣之事？我去看个究竟。"一位领头模样的人说罢，就这样空手往山丘上爬。山丘中部有很深的草丛。只见草叶儿微动，一袭青烟刚起便轰然一声响，那人应声滚落下来，腹部已被打穿。

"畜生！咱们被算计了！"海滨上的七十多人喧嚣着四方奔走，想要去取大小腰刀。就在此时，周围景致突变，一片白色硝烟弥漫，枪声四起，振聋发聩，像是要把大地炸开了似的。海滨的白沙，在一瞬间被血染红。

最初的一齐射击，使得四五十人已然毙命。第二轮射击下，又多死了十几人。剩下的都往海里跑，想游到对岸的海滨逃命去。可对岸海滨却已有四五十艘小船，满载着足轻兵出现在面前。在浪里起伏的一领具足们，眼见着一个个被船上之兵射杀而死。

前后不到十分钟，一场虐杀便这样毫无征兆地发生了。

虐杀最后的程序是由长枪组完成的，他们奔往现场，不管死活全都补上一枪，一个不剩地杀了干净。所有的尸体被集中到一处，全都割了头颅并送至浦户。浦户已搭好了数量众多的枭首台，七十多颗首级很快被挂了上去。

这一切，所有程序环节均迅捷无误。他们的罪状已在公告木牌上写好——谋反。"因企图谋反，给庶民带来灾难，特判死罪。"每一名的姓名与出身村名均被记载在了公告牌上。

他们之中，有些的确是对新国主不满，态度不恭，是已被浦户城当局记录在册的危险人物。可有些人并不是。更何况，连跟着的孩子也都被残杀。

千代在听到枪声后一个小时，终于知晓了这件惨事。还在枪响时，她遣侍女去问家老深尾汤右卫门："出什么事了？"

汤右卫门怕千代会横生枝节，于是回答："是在用铁炮狩猎呢。"

可若真是狩猎，铁炮数量不可能这么多。于是千代只好让侍女去现场看看。而侍女去时，只见到散乱的多具无头尸，所有的一切都已结束。

侍女回来向千代禀报，千代气绝晕死过去。

千代的意识很久都没有回复过来，内院里乱成一团。医生来后，千代人倒是苏醒了，可仍是呆呆怔怔不言不语。

夫人疯了——连这种谣言都有。无论谁，说些什么，千代都只躺在床上，不肯回应。

（难道，这就是双陆棋的结局么？）

千代在脑海里反反复复只念着这一句。结婚后，千代的人生就好似一盘双陆棋，为让丈夫出人头地，千代一直乐在其中。她乐的不是丈夫出人头地，而是其间的过程与所耗费的功夫。一直都很有趣，而且还成功了。

（可是，成功就是这个样子么？）

千代不愿相信。伊右卫门，可以说是千代的杰作。若他娶的并非千代，恐怕非但当不上一国之主，连一座小城之主都成问题。正因为伊右卫门是千代的杰作，所以才能得到高于自身素质、力量的地位。可他在登上国主地位之时，千代却成了个不管事的闲夫人。

山内家变得如此庞大，千代与伊右卫门两人便可主宰一切的时代已成为过去。现在仅家老就有七人，他们构成了决策执行机关。山内家已是不停运转的一个组织。国政家政，皆有专属组织处理。千代能管的只有一个家庭后院。所以，山内家虽是千代一手筑起的，可如今已脱离了千代的掌控，千代反倒成了多余之人。

这次种崎事件，千代未被告知一言半句，这便是明证。

与山内家休戚相关的大事，千代竟然一无所知，从头至尾竟被蒙在鼓里。这在过去，可能吗？不可能。这是第一次。千代听到枪声，惊诧间派侍女去问家老"出了什么事"，可家老却回答她说"是在狩猎"。对亲自筑起山内家的千代来说，这意味着什么？

就好似家老们齐声在声讨她——"女人别碰政治。"可究竟是谁把山内家扶上了二十四万石的国主地位？千代好想大叫。

不过此事就算了，千代也不想追究。既然山内家变得这么大，千代其实并不愿多出风头。问题是这次的事件本身。这种惨无人道的虐杀，是以国主山内一丰的名义进行的。家老们认为这就是政治。

为了保障二十四万石的安全，就需要用这种残忍、卑劣的手段？用这种在人类历史上遗臭万年的手段？

政治是多方面的，千代很明白还有各种各样其他的手段。安抚土佐的不满人士，也有各种各样的方法。可他们却用了个让人难以置信的糟糕手段。

无能啊！伊右卫门也是，家老们也是！

所以千代一直在想，自己究竟是为了什么，苦心经营出了这么一幅作品。

从高知城的筑城工地回来的途中,伊右卫门听闻"夫人的样子很是忧郁"。可毕竟是自己老婆,他实在不好意思问手下人"千代为何忧郁"。他骑着马杂七杂八想了很多千代忧郁的理由,最终不得不锁定一点:

(种崎的事,千代怕是已经知晓。)

千代若是真知道了此事——伊右卫门不禁腋下冒出冷汗来,不过并非是因为他对种崎的虐杀感到羞耻。他觉得那是无奈之举,就算不是最好的方法,但也是不得已而为之,是必要的政治手段。既然土佐人对他国人不肯宽容相待,要想统治他们,那就无法避免此种程度的武力镇压。

(可惜千代理解不了。)

这也就罢了,最大的问题是欺瞒了千代,这可是伊右卫门跟千代的历史上从未有过之事。从年轻时起,他就事无巨细均跟千代相商。特别是在关原之战前夜,山内家几乎就是千代一人在掌舵。可如今千代却成了个局外人,不仅未曾跟她相商,还从始至终想方设法欺瞒于她。

(对不起千代啊!)

性格软弱的伊右卫门思忖。

(千代定然十分恼怒吧?)

这样一想,伊右卫门不由得心里不是滋味,竟怕了回浦户城。

不过终究是回来了。伊右卫门进了前庭的书院,便叫来家老深尾汤右卫门,询问了种崎事件的详细经过。汤右卫门道:"一切都干得麻利漂亮。那一伙企图谋逆的家伙这下子被连窝端了个干净。"

"其影响如何?可有人因愤慨又捣鼓着要叛乱的?"

"没有。哪个村子都静悄悄的。"

"可当真?"

"是。叛乱需要领头人,而这些领头人一旦死绝,群龙无首,便是一堆烂泥了。"

"汤右卫门是劳苦功高啊!"伊右卫门慰问了他一句,接着压低声音问道:"夫人怎样了?"

可深尾汤右卫门是前庭的官员,对千代的情绪并无关注,于是也小声回答道:"这个嘛,请恕在下不知。"

伊右卫门进了内院,叫来夫人的贴身侍女春日野,询问夫人情况。年长侍女春日野很是狡黠,未直接回话,只答了一句:"恐怕大人亲自相问更为合适。"

实在无计可施,伊右卫门只好踱过走廊,走近千代的房间。"千代,俺回来了。"他在门外叫了一句,等着侍女把拉门打开。有烧过香的味道。千代从座上下来,在房间一角拜伏下去,静静地垂着头。

"听说你身子不舒服?"

"哪里。怎么会？"

这天夜里，伊右卫门在千代的房间住下了。在伊右卫门看来，千代虽是沉默了许多，可也算不上情绪不佳。

（看样子问题不大嘛。）

伊右卫门安下心来。不过，在千代的表情中，缺少了素日里常有的那种明媚。垂下眼帘时，有浓重的阴影出现，不免让人怀疑她是否会哭。

用餐完毕，餐具都撤下之后，伊右卫门索性打开天窗说亮话，问她道："种崎的事，你听说了吗？"

千代微微应了一声，眼神虚空缥缈。

"那也是没有办法。"伊右卫门道，"实在是无奈之举啊！如今结果尚可。民众们终于知道害怕了，知道国主的权重与威严了。千代，你想想，如果叛乱和镇压反复发生，死的人可是无穷无尽的。这次在种崎将叛乱之人一网打尽，以后便可以不再流血了。"

伊右卫门念念叨叨就是这几句，千代终于忍不住嘲道："翻来覆去就讲这么几句作甚？"

"因为千代老是想不通嘛。"

"我想通了。"

"哦？你真的想通了？"

"是。我终于知道一丰夫君是多么傻了。"千代小声道。

伊右卫门不免动怒："俺傻？你想通的就是这个？"

"有什么办法？夫君实在没有担当大国之主的器量。千代想通了，不愿再勉为其难。"

"混……说什么浑话！"

"一丰夫君的家老们也一样。原本只配做挂川六万石的官，一下子便要负责大国的运营，难怪一旦民众不服就只能想到杀戮之法。"

"千代，过分了！"

"那是要把千代也杀了？"

"你！千代！"

"谁不服就杀谁，这不就是山内家的新手段吗？请动手吧，一丰夫君。"千代凄然一笑。

"说什么呢！千代！"

"请跟深尾汤右卫门也这么说好了。汤右卫门的妻子若是不服，就用铁炮杀之；子女若是顶嘴，亦杀之。说这便是山内家的家风。"

"妻儿怎能随意杀害！"

"那子民也一样啊！古代圣贤都说，治国与治家，根本的精神是相通的。若是妻儿不忍心杀害，那子民也决不可随意杀害！"

"千代，别说了。"伊右卫门看似就要哭出来了，一张脸无能得连千代都不愿多看，侧过了身去。

"我不说了。只是我们夫妇努力半生，结果却夺走了土佐子民的生命。一想到此处，我便悲从中来，我到底是为了什么死皮赖脸活到现在？可是，如今说什么都没用了，不说了。"

"是因为俺傻？俺无能？"

"一言以蔽之，就是这样。"千代苦笑。

注释：

【1】野中兼山：江户前期的儒学家、藩政家。曾师从土佐儒学者谷时中，学朱子学，致力于封建教化。土佐第二代藩主忠义，提拔他成为土佐藩家老，致力于藩国的财政建设，实施了很多改革新政。其中之一就是给予一领具足们武士下士的身份。

尾声

这个长长的故事，也差不多到了该结束的时候。

那之后，千代与伊右卫门夫妇之间并无多大的变化，只岁月匆匆而逝。庆长八年（1603）初秋，高知城竣工。说是竣工，但三之丸还仍然在进行挖掘与道路建设，并非全部竣工。不过，城郭的主要部分——本丸与二之丸已经建好，相当漂亮。

伊右卫门的入城仪式，是在庆长八年（1603）八月二十一日。参加入城仪仗队的人数大约三千。他们都穿着华美的礼服，一一列队而行。伊右卫门骑在马上，头戴高乌帽子，身着大纹礼服[1]。千代乘着金莳绘装饰的轿子跟在后面。

入了城下，远望天守阁在潮江川上的灰白投影，千代感慨良深。

（夫君终于成了这么一座大城之主了。）

入城之日有贺宴，除本丸的大厅以外，二之丸也到处设有红白条纹幔帐，武士们都开怀畅饮，喝得醉醺醺的。日没后宴席结束，伊右卫门进了内院，与千代一同歇息下来。

"祝贺夫君城郭得以早日建成，顺利搬迁！"千代按常规庄重道了声祝福。伊右卫门已经换做常服，并膝正坐答礼道："与夫人同庆！"

之后伊右卫门随意坐了，命厨房把今日酒宴的剩菜端上来，举杯道："千代，现在是咱们两人的夜宴了。"千代也想今夜尽兴地醉一场。

"千代，愿望终于达成啦！"伊右卫门道，"所有一切，都是托了千代的福啊！"

"夫君太谦虚了。其实都是靠了一丰夫君自身的武勇、才干和运气。"

"俺倒是很想说就是。可俺知道自己的斤两。"

"还谦虚啊！"千代用眼角嘲弄地瞥了一眼伊右卫门。可伊右卫门苦笑一声，哼哼道："哪里，是真的。"

"不过一丰夫君的言出必行，可是日本第一呢。"

"什么言出必行啊？"

"新婚之夜的誓言啊。"

"哦！那个啊，"伊右卫门抬手擦了擦嘴角的酒，"是，那个倒是遵守了。"誓言里说，自己除了千代，不可在外拈花惹草。当他还在织田麾下做事时，曾与甲贺出身的一名女子犯过错，可那也不必在此刻自首吧。他一没碰过侍女，二没安置妾室，这在日本的大名小名之中，估计也只有他伊右卫门做得到了。而且千代还未曾育有继承人,伊右卫门始终近乎愚忠地遵守着两人的约定。

"或许还真是番伟业呢。"伊右卫门并不十分高兴地嘟囔了一句。

高知城本丸与二之丸建好后,夫妇俩还剩了一件大事没做——养子忠义的婚事。忠义是国松行加冠礼后的正名。忠义在江户府邸长大,已经虚岁十二岁了。

"得给忠义娶媳妇了。"伊右卫门在本丸建成后便说过这样一句。其实忠义还未到婚娶的年龄,可伊右卫门已年过五十,若不早些把婚事定下,他不知道自己还有没有福气等到那一天。

"千代你说呢?"两人夜宴当晚伊右卫门问道,"是千代跟俺奋斗得来的二十四万石,不能在咱这一代便毁了。"

(人可真是欲念无穷啊!)

千代痴痴地想。一代筑就的东西一代便毁了又如何?人年纪越大,欲念便越大,老想着能永世相传。特别是大名,若是主家一毁,家臣们也就会失了家禄成为流浪汉。所以,只有让大名家业得以传承,伊右卫门才算是创业成功了。伊右卫门命江户的重臣遍寻年纪相当的大名家小姐,可许久都无果。

"是啊。"千代假装思索着。其实千代早已有了打算,但一直没有心思说出口。现在趁着酒兴,正好可以和盘托出。"山内家这二十四万石,说穿了本来就纯属侥幸,就好似座地基潦草的建筑。"

"是啊。"伊右卫门点头,脸上神色并无半分喜怒。千代是说,就伊右卫门的器量,这二十四万石就是一个捡来的大便宜。而伊右卫门自己的内心某处也的确这样在想,所以唯有苦笑称是。

"大名家有四种类型。首先是德川将军家的家门,这些大名是名正言顺、理由充分。若是以建筑打比方,就好似地基坚固、木材结实的房子,一点儿风浪是吹它不倒的。"

"嗯,然后呢?"

"接着就是辅佐德川家创业的历代功臣,与德川家家门一样。"

"第三呢?"

"是自古以来的名门。比如东国的佐竹氏,萨摩的岛津氏等人,他们虽曾联合西军参与关原之战,但毕竟有着源赖朝之后数百年的传统,就连大公仪也不忍将其彻底摧毁,采取的是极其宽大的处置。当然,另外的理由便是这些土生土长的大名,一旦受到公仪的攻击便会穷其所有进行顽强抵抗,领国的草木山川皆是利器,大公仪是觉得与其攻击不如安抚来得顺畅吧。"

"那第四呢？"

"肥后的加藤家、艺州的福岛家等丰臣时代的风云大名，当主为英雄豪杰者多。"

"那咱家呢？"

"咱家啊，哪种都不是。"千代笑道。伊右卫门也被笑声传染，笑道："原来天下根本就没有像山内家这样根基薄弱的大名啊。"

"所以，忠义的婚事，与其咱们自己做主，不如请公仪帮忙选定，这样还能多少生些根基出来。"

"不得不这样做吗？"伊右卫门面色不快。连养子娶媳妇都去求公仪出面，怎么看都是臭不可闻的公然献媚啊。千代也一样不快，尽管是她自己提的议。可怎奈如今已是二十四万石的大名，不得不谋求维持与传承，有时候也需要拥有出卖个人自尊心的胸襟。

"夫君不满？"千代的表情复杂之至，仿佛捏着鼻子喝了一壶醋似的。她心里的不悦并不输于伊右卫门，只是在拼命抑制而已。可伊右卫门却毫无思量脱口而出——不得不这样做吗？看到他这毫无责任感的态度，千代不由得怒从中来。

"咱家是大名。"千代小声道，随之叹了口气，"若是寻常武士，可以我行我素，也无需看旁人脸色。可如今既然当了大名，就有很多事不得不忍，不得不牺牲。"对于多少有些自尊心的人来说，没有比这个时代的大名更难当的了。

肥后的加藤清正，正因为太过自负，半生中老是与人争执，生出了好些事端。可现在，他却为了让德川家高兴，在品川建了一座壮丽的江户府邸，借以向德川明志——我清正已然野心全无。这笔建设费用原本是军费开支，是应该留作军费的，可清正却毫不吝惜用在了府邸建设上。

还有，在加藤清正与福岛正则都受命辅助名古屋城筑城之时，福岛正则过来找他，埋怨道——这种辅助接二连三，我领国的军费不保啊。清正一听，劝道："要想保家，就别那么啰唆，埋头干事要紧！"

世间已经进入了秩序的时代。若是战乱中，一介武夫凭借武勇可打出一片江山来，其自尊也能得以保全。可一旦进入秩序时代，正所谓今非昔比，江户的高级官僚一两句话便可左右一两位大名的命运。

"若是想让山内家传承下去，那就别啰唆，照做便是。"千代也说了句与清正类似的话。

"是俺有欠考虑？"

"这就难说了。不过，若是要尽享个人自尊，什么都率性而为，现在就该拥有立即封锁国境、深挖城池、高筑外墙、宣告与天下为敌的觉悟。"

如此这般,两人一席长谈后,确定了忠义婚事的方针。伊右卫门派飞脚传信至驻守江户府邸的家老处,命他们"请公仪代为选定"。

收到伊右卫门此番请愿的江户幕府官僚,觉得山内家实在可爱,很愿意为其甄选。据说,德川家一族的松平隐岐守定胜,育有一女,名叫阿姬。江户幕府官僚觉得甚是不错,便禀报家康知晓。家康道:"收作我的养女吧。"对家康而言,通过与外样大名的联姻,加深德川家的统治基础,也是确立德川体制的重要一环。

阿姬年方十岁。

庆长十年(1605),阿姬十二岁了。这年十月便要在江户举行与忠义的婚礼,可九月二十一日,伊右卫门在高知城内的书院里病倒了。

那是一个极为阴冷的早晨。天明前便有白雾笼罩,因此城内到了早晨都需得点烛照明。前一夜,伊右卫门照常在千代的寝屋歇息,可早晨却比平素醒得晚。

"怎么了?"早已起身收拾停当的千代,在伊右卫门枕边问道。

"没什么。"伊右卫门缓缓起身,回头看千代时微笑的面庞，就好似少年般红彤彤的。

"是发烧了么？"千代靠近摸了摸他的额头，并不甚热。

"头有些疼。"

"是着凉了吧。不如今日好好休息休息。"千代即刻叫来侍女，吩咐请医生过来一趟。

"是风寒。"医生诊断道。

可伊右卫门必须出门，前庭书院里有家老在等他前去面见。驻守江户府邸的家老乾十左卫门，专程为了与阿姬的婚礼一事，回到了土佐。伊右卫门需听过报告后，与家老们商议婚礼的具体事宜。

"不如推迟到明天吧？"千代劝道。可伊右卫门却说，他已经答应了今晨会面，不能不去。伊右卫门对自己家臣也是这般言出必行，不过，这也是他的优点之一。

伊右卫门进了前庭书院。家老们已经到来，只等伊右卫门落座便开始汇报。伊右卫门静静听着，渐渐脸色难看起来，继而黑睛上翻，远处看只剩了白珠。可家老们却没察觉到这个变化，继续汇报了下去。待他们最终发现时，伊右卫门已经轻哼一声扑倒在地。

"啊！"随从立即从背后抱起伊右卫门，家老们也瞬间围了上来。医生闻讯赶来，让人把家主先抬回去："小心抬回内院去。"此番折腾，恶化了伊右卫门的病情。被抬回内院的伊右卫门已经失了意识。

千代看上去慌乱得厉害,好几次对着医生大叫:"能治好吗?"可医生也是束手无策,无法及时作答,只说了些不明所以的话:"如果今日一直有脉息,或者可能——"

伊右卫门是在这日正午断的气。屋外的白雾开始散去,医生终于放下伊右卫门的手腕,跪拜于千代面前:"适才,大人的脉息失了踪迹。"

千代凝视着伊右卫门,捂着脸痛哭出声。她抱住伊右卫门的遗体,摇着想叫醒他。她伤心痛哭的模样,就跟一个没有身份没有地位的卑微农妇一般。

(咱们漫长的一生结束了。)

千代在哭泣中思忖。

伊右卫门是天文十四年(1545)出生的,过世时虚岁六十一。千代四十九岁,又变作了孤身一人。她在城内的佛堂里断了发,此后便以佛堂为家,住了下来。

伊右卫门的遗体在真如寺火化,并葬在日轮山。戒名[2]为大通院殿心峰宗传。千代从这一日起,法号称作见性院。

伊右卫门的死讯很快传到了江户,于是山内家即刻便由忠义继承了下来。

忠义从江户列队首次进入土佐，已是第二年春天的事。千代在城内大厅里与忠义见了面。她像是第一次见这城内大厅似的，静静地缓缓地望向每个角落。其间，有诸位家老在场。不过，他们已经不是伊右卫门的家老，如今侍奉的是忠义了。千代看着他们就好似看着陌生人。

（时不待人啊。）

千代不得不感念。她便是在此刻，决意离开土佐的。没有伊右卫门的土佐，对她来说已经没有任何留恋了。

千代对这位年幼的第二代藩主，好好训诫了一番后，道："对马守大人，我有个不情之请。"

"母亲请说。"忠义道。

千代说她想住到京都去，希望能尽快替她在京都建一处房子。忠义听了很是吃惊，虽劝阻了一番，可千代仍然微笑着轻轻摇头道："我在这里的工作已经做完了。"她今后想要好好享受京都的春秋，还想找些唐锦，做些漂亮的小袖，平静地度过余生。

千代的心愿终究是达成了。伊右卫门过世后第二年，即庆长十一年（1606），千代离开与伊右卫门共度数年的土佐，移居京都。京都的桑原町有座新居建成，千代在此处开始了她的退隐生活。

第二代国主忠义跟伊右卫门不同，是一位豪爽的男子。

其性格也与南国之王的名号相得益彰，肚量大而能容。有一次，他在京都二条城参加了将军的酒宴后，归途中日光晃眼，晒得甚热。忠义脱下上半身衣袖，光着身子骑马走在市中。沿道的市民们见他如此胆大妄为很是想笑，却又怕惹得老虎发威，于是只好拼命低头跪着。

千代命忠义一定要每三个月给自己来一次信。有次忠义违约，便收到了千代这样一封叱责的信函："在京都或是伏见，总能见到别家的使者。可我家却从去年七月以后便再无一位飞脚来访。可是因为忠义大人对我有什么不满么？总之，只要能听到一句'绝非怠慢'的话，我也就释怀了。今后也不知道还能活多久，但因有对忠义的期待，我很是心满意足。"

在这一通叱责的背后，藏着的是千代对自己筑就了土佐二十四万石这番伟业的自豪之情吧。

千代在元和三年（1617）十二月四日，跟伊右卫门一样于六十一岁的年纪撒手人寰。"这一生，活得真是有滋有味啊。不过，稍觉有些累了。"她轻声说完这些话，最终闭上双眼，再也未曾睁开。

据说，那是一个大雪纷飞的傍晚。

注释：

【1】大纹礼服：印染上五处大型家纹的礼服。始于室町时代，在江户时代，属五位以上的武家通常礼服。

【2】戒名：佛教仪式上，僧侣给死者取的名。

由山茶花漫谈开去
——《功名十字路》译后记

每年春暖花开的三四月间，平素爱花的我总会去逛几次花卉市场。而今年，适逢翻译完毕，我特意去看了看以前不曾留意的山茶花。在日本的战国时期因丰臣秀吉的钟爱而风靡一时的山茶，至今都人气健在，花市里总被安置在显眼的地方。可怎奈天气转暖，山茶的花骨朵儿却寂寥起来，或粉或白的败花残瓣更是让人看了心疼。由是转念，想到了千代。与姣好的花儿一般，伊人的香消玉殒也总是令人怅然的。虽然她在她的那个时代曾过得有滋有味，曾跟山茶一样在严冬傲骨盛开、久久芬芳过。

在战国时期的风云变幻里，无论英雄、枭雄的面孔怎生变换，女性总是作陪衬的多。而司马辽太郎却选了千代来做主人公，用信长、秀吉、家康三代的演变历程做背景，刻画出了一位心灵手巧、聪颖过人的小家碧玉，一位温文尔雅、宅心仁厚的贤妻良母，使本书成为众多时代小说里的一道亮丽风景。

至于司马辽太郎为何会以一位女性做时代小说的主人

公,他曾在一次报社采访时透露:"我之所以开始写这样一部作品,倒不是因为喜欢千代。正好相反,我觉得一个女人那么聪明简直讨厌死了。可是,写着写着,却发现越来越有意思起来。无论怎样,一丰这位丈夫实在太听话了。可到底是什么让一丰这么听话呢?这的确很让人感兴趣。"

其实,我对千代的这种"驭夫魔法"也很感兴趣,妄想有朝一日可以如千代一般使得心应手。历史上的千代与司马辽太郎书中的小说人物千代许是有差别的。抛却细节的不同,缘起、经历、结局应是大致不差。数年前我曾去高知的桂浜看坂本龙马时,顺便观摩了一下高知城,也就是千代夫妇最后筑就的城郭。因为那次看得实在草率,近日里总是思忖如果今后有机会再去,一定要好好看看千代的那块可以切菜量米两用的竹方斗(可惜真品已烧毁),以及她的那个或许并非真正装过十枚纯金的镜匣,还有一丰的那柄代代相传至今的鸟毛长枪。

读者会问为何会做这种蠢事?缘由无他,只是想沾染一下这些东西身上所蕴藏的那个时代的气息——前仆后继、奋发,还有罗曼。与连政客都仍等同于世袭的日本当代相较,千代夫妇生活过的战国时期无疑是翻天覆地的、精彩淋漓的。千代的夫君一丰能由一介平民登至大名之位,友人宁宁之夫秀吉能从提鞋小厮成长为实质上的君主,这在一贯由贵族统治的日本历史上大概是绝无仅有的。所以，伊人已逝，留得物什让在一潭死寂中百无聊赖的当代的人儿缅怀一下，也是好的。由此，我便可以从译者的身份重新转化为一个纯粹的读者，长长久久地把千代珍藏在心底里。

我想，一定有读者跟我一样钟爱千代，虽然可能人人心目中的千代模样都不甚一样，可无论谁都难以否认千代的魅力。而千代夫妇形象的塑造成功，正是《功名十字路》得以畅销的原因之一。

这部司马辽太郎在不惑之年创作出版的时代小说，据统计迄今为止共售出 395 万部。这无疑是个庞大的数字。当然，与司马辽太郎成熟的叙事技巧和行文方式也是分不开的。他能从纷繁复杂的各色人事之中甄选出最为妥帖的，从崭新的视点出发加以精心描画，还时不时"说点儿题外话"，却不让读者有丝毫累赘之感。洋洋洒洒数十万字下来，竟是句句赏心悦目。

他所创作出的历史人物形象，毫无夸张地说，很多都就这样变作了普通日本民众对历史人物的印象。比如织田信长、丰臣秀吉、德川家康、西乡隆盛、福泽谕吉等等人物，反复穿插于他的多部作品之中，填满了读者心中历史人物的空缺，个个血肉丰满、音容宛在。咱们的千代和她的一丰夫君也一样，烙印深深，已挥之不去了。

司马辽太郎当初取这个笔名的初衷，是因为"自己远远不及司马迁"。不过，司马迁写历史，司马辽太郎写历史小说，谈"远远不及"也太谦逊了。而他创作的这些人物形象毫无疑问还会继续影响着一代代的普通民众。作为译者，我只求能精准传达司马辽太郎字里行间的韵味，以不辱使命。希望广大读者朋友能给予批评指正，同时在心里都藏着一个自己的千代！

最后，我要郑重感谢重庆出版社给予我这次翻译的机会，感谢许宁先生、邹禾先生在翻译工作中的悉心指导，以及为本书的顺利刊行所付出的大量心血！同时感谢家人对我的鼓励与支持，感谢诸位关心和支持历史小说阅读与创作的朋友，希望本书的引进出版能成为中国本土历史小说创作的养分之一。中国历史浩瀚，我相信随便撷取一把，便是一个动人的故事！

欧凌

2015年3月吉日